Le Monde d'En Haut

www.casterman.com

ISBN : 978-2-203-15817-7
© Casterman 1998 et 2006 (pour la présente édition).
Imprimé en Espagne. Dépôt légal : avril 2006 ; D. 2006/0053/300

Déposé au ministère de la Justice, Paris
(loi n° 49.956 du 16 juillet 1949 sur les publications destinées à la jeunesse).

Tous droits réservés pour tous pays.
Il est strictement interdit, sauf accord préalable et écrit de l'éditeur, de reproduire (notamment par photocopie ou numérisation) partiellement ou totalement le présent ouvrage, de le stocker dans une banque de données ou de le communiquer au public, sous quelque forme et de quelque manière que ce soit.

Xavier-Laurent Petit

Le Monde d'En Haut

Illustré par Marcelino Truong

casterman

1

Suburba, 16 heures 36

Suburba, 18 octobre 2096

Les grands chiffres rouges de l'horloge à cristaux liquides affichaient 16 heures 36 lorsque Élodie sortit du collège Matthis. Elle posa son cartable à côté des grilles et attendit que Myria, sa meilleure copine du moment, la rejoigne.
Dans les galeries de Suburba, ce n'était pas encore l'heure d'affluence et le silence de l'immense ville souterraine n'était troublé que par les discussions des élèves sur le trottoir et le léger bourdonnement des voitures électriques. C'est ce calme qui permit à Élodie d'entendre le très faible « pop » d'un fusil à compression. Quelque chose claqua au-dessus de sa tête comme un gros pétard et le photoclare de 300 000 watts qui surplombait le collège s'éteignit subitement.

Toute la zone se trouva aussitôt plongée dans la pénombre. Seule la lueur diffuse des photoclares les plus proches empêchait que l'obscurité soit totale. L'affolement gagna les élèves et dégénéra très vite en bousculade, des cris fusèrent, assortis d'appels, d'injures et de bruits de galopades. Certains se réfugièrent dans le hall d'entrée du collège, mais les plus vifs détalèrent dans les galeries adjacentes. Retranchée derrière un pilier de la grille, Élodie hésita une seconde sur la marche à suivre.

Une seconde de trop…

Des lueurs de phares percèrent l'obscurité, une nuée de microcars encercla le collège et des dizaines de gardes armés en sortirent. Élodie se mordit les lèvres. Depuis les premiers attentats, en février, les gardes de l'Ordre souterrain étaient sur les dents et intervenaient au moindre incident. La dernière fois que le photoclare du collège avait été pris pour cible, ils avaient vérifié l'identité de chacun des neuf cent cinquante élèves, interrogé les professeurs, passé au peigne fin toutes les salles du bâtiment… Ça avait pris un temps fou, Élodie n'était rentrée chez elle qu'à 10 heures passées, en larmes et à bout de nerfs.

Comme des chiens de troupeau bien dressés, les gardes rabattirent les enfants vers l'entrée du collège, malgré leurs protestations. Leurs visières argentées rabaissées sur le visage et leurs matraques électriques à la main, les hommes de la Garde étaient tous d'une carrure impressionnante. Rares étaient ceux qui n'en avaient pas peur, mais M. Siméon, le principal du collège que tous les élèves appelaient « Patapouf », tentait tant bien que mal de modérer leur brutalité.
Élodie se rencogna : avec l'obscurité, le garde qui venait dans sa direction ne l'apercevrait peut-être pas. Il repoussa durement vers la grille d'entrée des gamins qui essayaient de passer à travers les mailles du filet et s'arrêta à quelques mètres d'elle. La fillette bloqua sa respiration et s'aplatit contre le béton rugueux. Le garde inspecta rapidement les alentours et fit mine de repartir : il ne l'avait pas vue ! Mais au même moment, une lumière jaunâtre illumina la zone du collège : comme la dernière fois, ils venaient de remettre en marche les photoclares du début de la Colonisation du Monde Souterrain, de vieux machins qui dataient de 2028 et n'étaient plus utilisés qu'en cas de secours. L'ombre d'Élodie se projeta subitement jusqu'aux pieds du garde qui se retourna d'un bloc.

L'homme masqué s'approcha d'elle sans un mot, la prit par l'oreille et l'entraîna jusqu'à l'entrée du collège. Élodie serrait les dents pour ne pas crier de douleur : elle ne voulait pas montrer à ces brutes qu'elle avait peur d'eux. Lorsque le type la relâcha, ses yeux étaient brouillés de larmes.

Les enfants durent rejoindre leurs professeurs principaux dans les classes. Des gardes entrèrent, visière relevée. Comme chaque fois qu'elle voyait leurs visages à découvert, Élodie était surprise de constater combien ces types dont la réputation de brutalité n'était plus à faire paraissaient jeunes. À peine plus vieux que Lukas, son frère, qui n'avait que dix-huit ans. La fouille commença, méthodique, systématique, interminable. Les gardes vérifiaient chaque casier, inspectaient chaque cartable, chaque étagère de la classe…

C'était la troisième fois depuis le début de l'année scolaire que le photoclare du collège était pris pour cible par ceux que le gouvernement de Suburba continuait d'appeler des « terroristes ». Mais tout le monde savait qu'il s'agissait des membres de l'AERES, l'Association des Enterrés pour la Remontée En Surface. Depuis deux ans, l'AERES se battait pour que l'on remonte vivre *sur* Terre au lieu de rester dans le

Monde Souterrain. Des scientifiques de l'association s'étaient, paraît-il, rendus dans le Monde d'En Haut pour y effectuer des mesures. Ils assuraient que les Grandes Pollutions qui avaient ravagé la Terre en 2022 en causant des millions de morts étaient presque toutes résorbées et que, soixante-quatorze ans plus tard, il était désormais possible d'y revivre. On les avait d'abord pris pour de doux rêveurs. Mais peu à peu, l'idée de remonter avait fait son chemin et l'AERES avait regroupé de plus en plus de sympathisants. Le gouvernement de Suburba avait alors publié plusieurs communiqués assurant que, d'après toutes les études sérieuses, la Terre ne serait pas habitable en surface avant plusieurs siècles et que l'AERES se rendait coupable de diffuser des idées dangereuses pour l'avenir de la cité. Les principaux membres de l'association avaient été jugés à la va-vite et emprisonnés, quant aux énormes portes blindées qui donnaient accès au Monde d'En Haut, leurs soudures avaient été renforcées. Cela n'avait pas empêché les idées de l'AERES de faire leur chemin, surtout parmi les jeunes.

Un garde s'approcha d'Élodie. Il renversa son

cartable d'un geste brusque : ses holodisques de travail et ses cahiers dégringolèrent, le garde les feuilleta rapidement. Les dents serrées, Élodie replaçait ses affaires dans son cartable au fur et à mesure que le garde les examinait. Il termina par un petit portefeuille de tissu dont Élodie ne se séparait jamais.

— Qu'est-ce que c'est que ça ? demanda-t-il en sortant une photo qu'il lui mit sous le nez.

— Ça ?… C'est la maison de mon arrière-grand-père. À l'époque où il habitait le Monde d'En Haut. Élodie tenait beaucoup à cette photo. La maison de son arrière-grand-père semblait tout droit sortie d'un conte, petite, chaleureuse, pleine de trucs incroyablement anciens dont elle ne connaissait même pas le nom. Elle avait toujours pensé qu'on devait s'y sentir bien. Dad, son grand-père, lui avait donné la photo quelques mois avant sa mort. Elle avait été prise à la fin du XXe siècle : une époque où il y avait encore de l'herbe, des arbres… L'espèce de liane qui courait sur les pierres de la maison s'appelait une « vigne » et donnait, paraît-il, des fruits délicieux. Dad lui-même était né en 2022, à l'époque des Grandes Pollutions, il n'avait aucune idée du goût de ces fruits, mais il assurait que chaque fois que son père en parlait, il avait la larme à l'œil.

Le garde s'approcha de son chef, la photo à la main. Ils échangèrent quelques mots puis l'homme revint vers elle.

— Tu sais très bien que ces photos sont interdites, aboya-t-il, les seules photos du Monde d'En Haut autorisées sont celles des holodisques d'histoire et des musées. Tes parents pourraient être condamnés à une très lourde amende à cause de ça !

Élodie hocha la tête.

Totalement impuissante, elle regarda l'homme déchirer la photo en petits morceaux qu'il jeta à la poubelle. Des larmes lui montèrent aux yeux. Jamais encore elle n'avait détesté quelqu'un aussi fort que ce garde.

Les photos des holodisques ! Élodie les avait souvent regardées sur les écrans du collège. Des horreurs ! Chaque fois, elle n'avait pu s'empêcher de frissonner. La Terre y avait un aspect lunaire, avec ces immenses surfaces de terre rouge qui, dévastées par des pluies acides d'une incroyable violence, étaient devenues impropres à toute culture. Les grandes famines s'étaient déclenchées à la suite de cela, dès les premières années du XXIe siècle, et le visage de ces enfants décharnés, obligés de porter un masque à gaz pour échapper aux polluants atmosphériques revenait souvent dans ses rêves.

La fouille se termina sans autre incident. Les gardes à peine partis, le professeur principal se précipita vers Élodie et lui passa le bras autour des épaules.

— Ma pauvre cocotte, fit la grosse Mme Garin, ce sont des brutes, ces types-là. Je te promets que je vais écrire au gouverneur pour me plaindre de ces conduites inqualifiables ! Et je demanderai au principal de la signer !

— M'en fous, renifla Élodie en se dirigeant vers la poubelle, je vais la recoller…

LE SECRET DE LUKAS

— Ainsi, « ils » ont recommencé, soupira le père d'Élodie. On se demande vraiment à quoi servent nos impôts si nos enfants ne peuvent même plus aller au collège en toute sécurité. On paye des fortunes pour entretenir des compagnies de gardes incapables de mettre la main sur ces terroristes et…
— Cesse de les appeler des terroristes, papa ! explosa Lukas qui venait de rentrer. Ils n'ont tué personne et les sabotages sont pour l'instant la seule façon qu'ils ont de faire entendre leur voix ! Les scientifiques qui sont remontés en surface sont des types compétents. S'ils assurent qu'on peut y revivre, c'est que c'est possible. Mais la vérité, c'est que le gouvernement de Suburba a peur de perdre le pouvoir si la popu-

lation retourne s'installer dans le Monde d'En Haut. Alors ils nous enferment comme des bêtes, à trois cents mètres sous terre…
Le père d'Élodie haussa les épaules.
— Ces illuminés te racontent n'importe quoi et toi, tu fonces dans le panneau tête baissée !
— Ce sont des scientifiques, papa ! Pas des illuminés…
— Ah oui ? ricana le père, et les types qui font exploser des capteurs d'énergie en pleine nuit, et ceux qui tirent sur les photoclares au risque de blesser des enfants, ce sont quoi ? Des scientifiques aussi, peut-être ?
Le visage de Lukas pâlit.
— Tu sais très bien qu'il y a des filets de protection suspendus aux voûtes. Les enfants ne risquent rien, fit-il d'une voix sourde.
— Ce que je sais très bien, c'est que si le gouvernement ne s'attaque pas sérieusement à ces petits crétins, toute cette histoire finira très mal. À vous entendre, on croirait que Suburba est une prison ! Vous n'avez pas tout ce qu'il vous faut peut-être ? Des cinémas, des salles de concert, des stades et je ne sais quoi encore…
— Mais enfin, papa, cria Lukas, on n'est pas faits pour vivre dans des cavernes comme aux débuts

de l'humanité. On est enfermés dans Suburba de la même façon que dans toutes les autres villes souterraines de la Terre alors qu'il serait tout à fait possible de retourner s'installer en surface. On a envie de liberté, voilà ! De liberté !
— Oh, ça ! Pour les grands mots, tu es très fort… Tu ferais mieux de t'occuper de tes examens !
Excédé, Lukas claqua la porte du salon et grimpa l'escalier quatre à quatre jusque dans sa chambre.
— La liberté de crever, oui ! continua de crier son père. T'oublies que ton grand-père, mon père à moi, est né en 2022 dans le Monde d'En Haut et qu'il en a subi les conséquences toute sa vie.
Ces prises de bec entre son père et son frère étaient de plus en plus fréquentes. Ils choisissaient bien entendu les soirées où sa mère était de garde à l'hôpital pour s'envoyer leurs amabilités à la figure et cela se terminait toujours de la même façon, Lukas claquait la porte, s'enfermait dans sa chambre, et son père continuait un moment de lui assener ses quatre vérités au travers du plafond.
Secrètement, Élodie trouvait que ce que disait Lukas était très beau et, quand il prononçait le mot « Liberté » de sa belle voix grave, elle sentait un picotement lui parcourir l'échine.

— Lukas a peut-être raison, fit-elle d'une petite voix.

Son père prit un air désespéré.

— Ah non ! Tu ne vas pas t'y mettre, toi aussi. Mais bon sang, qu'est-ce qu'on vous apprend au collège ? On sait bien qu'à la surface de la Terre, les pluies chargées d'acide sulfurique ont tout ravagé, on sait bien que l'eau est bourrée de mercure et de nitrate, on sait bien que l'air y est irrespirable à cause du plomb, du dioxyde d'azote et de je ne sais quelles autres saloperies. Alors stop ! Peut-être que les petits-enfants des petits-enfants de tes petits-enfants pourront retourner vivre dans le Monde d'En Haut, mais nous, il ne faut pas y penser.

— Mais si personne n'y va, comment fera-t-on pour savoir comment c'est ?

— Et puis merde à la fin ! File faire tes devoirs.

Lorsque son père devenait grossier, c'était assez mauvais signe. Élodie se replia prudemment dans sa chambre. Chacun mangea dans son coin, en évitant soigneusement de croiser les autres.

Ce n'est qu'au moment de se coucher qu'Élodie fit attention à un imperceptible cliquetis métallique de l'autre côté de la cloison, dans la chambre de son frère. Depuis quelque temps, il fermait à clé la porte de sa chambre (ce qui, d'ailleurs, avait été l'occasion d'une autre altercation entre Lukas et son père), mais si la grille d'aération de la salle de bains était ouverte, elle pourrait apercevoir un tout petit bout de la chambre de Lukas.

Elle se glissa dans la pièce, grimpa sur un tabouret et laissa glisser son regard entre les lames de la grille.

Ses cheveux se hérissèrent sur sa tête : assis sur son lit, Lukas nettoyait consciencieusement un fusil à compression. D'où tenait-il cette arme ? Toutes les armes à feu étaient interdites à Suburba sauf celles des gardes. Mais surtout, s'il la nettoyait, c'est qu'elle avait servi...

Élodie se souvint du petit « pop » entendu juste avant que le photoclare éclate au-dessus de l'école. C'était Lukas ?...

— Élodie, il est plus que l'heure d'aller te coucher !

Elle sursauta, se fourra en vitesse un peu de dentifrice dans la bouche pour faire croire qu'elle s'était lavé les dents et sortit de la salle de bains.

— On se demande ce que tu peux faire là-dedans pendant des heures, grogna son père qui était décidément de très mauvais poil.

Elle plaqua rapidement un petit bisou sur sa joue râpeuse et entra dans sa chambre au moment où les photoclares extérieurs baissaient leur intensité de deux tiers pour la nuit. La ville plongea soudain dans une demi-obscurité grisâtre, traversée seulement par le faisceau des phares des patrouilles qui la sillonnaient.

Allongée dans le noir, Élodie réfléchissait à ce qu'elle venait de découvrir. Lukas n'était pas seulement un sympathisant de l'AERES, il participait aussi aux actions clandestines. Un frisson de peur la secoua. Son frère risquait la prison, peut-être même sa vie...
Un petit claquement sec à l'extérieur. Un très léger bruit de fenêtre. Élodie se glissa hors de son lit et entrebâilla le store. Une silhouette noire attendait en bas de chez eux. Soudain, une ombre apparut sur sa droite : Lukas ! Il enjamba le rebord de sa fenêtre, sauta souplement sur le sol et rejoignit la silhouette. Leurs deux ombres disparurent rapidement, absorbées par l'obscurité.
Bouleversée par ce qu'elle venait de voir, Élodie se pelotonna dans un angle de son lit, incapable de trouver le sommeil.

Le lendemain, elle fut presque surprise de retrouver son frère à la table du petit déjeuner. Il s'était douché, habillé et son sac était prêt pour aller suivre ses cours à l'Institut Technologique de Suburba. À 7 heures 30, comme chaque jour, les neuf cents photoclares de 300 000 watts s'allumèrent en même temps à pleine puissance, inondant l'immense ville d'une lumière crue.

— Tiens, remarqua le père d'Élodie en s'approchant de la fenêtre, on dirait que certains photoclares de l'Est sont en panne.

Lukas, le nez dans son bol, semblait se désintéresser complètement de cette nouvelle. Son père claqua légèrement dans ses doigts, un petit pan de mur coulissa, découvrant l'écran d'un interinformeur.

Le visage du présentateur s'anima aussitôt.

« Attentat cette nuit contre plusieurs des géopiles qui alimentent les secteurs Est de Suburba en énergie. Sur les huit appareils visés, cinq n'ont été qu'endommagés et seront rapidement remis en route, les trois autres totalement hors d'usage devront être remplacés, ce qui privera d'énergie la population des zones concernées pendant plusieurs jours. Le porte-parole du gouvernement vient à l'instant de déclarer que la mesure était comble et que les terroristes devaient s'attendre à une réplique vive et immédiate des forces de l'ordre. »

19

Élodie regarda aussitôt son frère. Lukas était très pâle, sa main trembla légèrement lorsqu'il prit le comprimé de Vitadine que tout habitant du Monde Souterrain devait absorber chaque jour pour compenser l'absence de soleil. Il leva les yeux sur sa sœur. Elle comprit immédiatement où était parti Lukas la veille au soir.

3

L'OPÉRATION MAGMA

Suburba, 19 octobre 2096
Quartier général des gardes de l'Ordre souterrain

Le commandant principal des gardes de l'Ordre souterrain était un homme sec, longiligne et avare de ses paroles. Il se contentait de hocher la tête lorsqu'il était d'accord avec un de ses subordonnés ou de lever la main pour le faire taire lorsqu'il était en désaccord. Ses ordres brefs, prononcés d'une voix cassante et métallique, ne souffraient aucune discussion. Lorsqu'il entra dans le bureau de réunion de la Direction générale, les dix officiers présents se mirent au garde-à-vous.
— Repos, messieurs et asseyez-vous. Avant toute chose, il convient de vous rappeler que tout ce qui se dira ici est sous le sceau du secret le plus absolu. Tout manquement à cette règle sera

considéré comme une trahison et puni comme telle.

Il quêta l'approbation des dix officiers qui, chacun à leur tour, hochèrent la tête.

— Lieutenant Sylvie Drachet, poursuivit-il à l'adresse d'une jeune femme habillée en civil, veuillez faire part à vos collègues des conclusions de l'enquête que vous menez depuis plusieurs mois sur les terroristes de Suburba. Soyez brève.

Quelques officiers laissèrent échapper un sourire. Les rangs des gardes ne comptaient que très peu de femmes qui, pour la plupart, assuraient des rôles de secrétariat. Qu'allait leur sortir cette petite jeunette habillée comme une étudiante ?

Sylvie Drachet ignora les sourires.

— Messieurs, il ne fait aucun doute que la quinzaine d'actes terroristes dont Suburba a été victime depuis le début de l'année sont le fait de sympathisants de l'AERES. Comme vous le savez, tous ces attentats ont visé le point névralgique de notre cité, à savoir l'énergie provenant du magma terrestre et sans laquelle toute vie serait impossible à Suburba. Sur cette carte, l'emplacement de chacun des attentats a été noté. La couleur des diodes correspond au niveau technologique nécessaire pour les commettre : vert, niveau technologique faible ou inexistant ; orange, niveau technologique moyen ; rouge, niveau technologique important. Au vu de cette carte, deux conclusions s'imposent. Un, jusqu'à maintenant, tous les attentats ont eu lieu dans les quartiers Est de la ville, zone où sont regroupées les unités d'enseignement : collèges, lycées et universités. Deux, sur quinze attentats, trois seulement sont notés en vert, ce sont les trois fois où l'on a tiré sur des photoclares. Tous les autres, en orange ou en rouge, ont nécessité de réelles compétences technologiques de la part de leurs auteurs, et tout particulièrement celui de cette nuit qui demandait de bien connaître le fonctionnement d'une géopile.

— Abrégez, lieutenant ! coassa la voix métallique du commandant principal.

— Mon hypothèse est, poursuivit le lieutenant, que le noyau dur des terroristes se trouve au sein même de l'Institut Technologique de Suburba. Là même, dois-je le rappeler, où enseignaient il y a encore deux ans les professeurs Makhine et Alban, emprisonnés maintenant, et qui sont à la base de cette stupide idée de retourner vivre dans le Monde d'En Haut.

Un silence épais suivit cette intervention.

L'Institut Technologique était le fleuron de l'enseignement de Suburba, les meilleurs élèves s'y bousculaient après le lycée. Ils y apprenaient à dompter la redoutable énergie des poches de magma terrestre qui, à des centaines de mètres au-dessous de Suburba, bouillonnaient à plus de 1 200 °C, à recréer l'air de la ville, à engendrer les plantes artificielles nécessaires à l'alimentation... Bref, tout ce qui faisait que Suburba s'était aussi prodigieusement développée depuis 2028, première année de la Colonisation du Monde Souterrain.

— Si j'ai bien compris, il ne s'agit là que d'une hypothèse, fit remarquer avec une certaine ironie le capitaine en charge des quartiers Nord. Vous n'avez aucune preuve de ce que vous avancez, lieutenant.

Sylvie Drachet regarda l'intervenant de ses petits yeux ronds et noirs, et remonta mécaniquement l'élastique de sa queue de cheval avant de reprendre.

— Le niveau technologique des attentats constitue en lui-même une preuve, capitaine.

— Je voulais parler d'une preuve matérielle.

Drachet échangea un rapide regard avec le commandant principal qui hocha la tête. D'une mallette, elle sortit une liasse de papiers.

— Ces tracts ont été saisis il y a quelques mois dans les secteurs 6 et 7 de l'Est. Ils émanent de

groupuscules terroristes favorables à la remontée vers le Monde d'En Haut. Quant à ces papiers, ajouta-t-elle en brandissant des feuilles au-dessus de sa tête, ce sont des sujets d'examen de l'Institut Technologique.
Elle rapprocha deux feuilles l'une de l'autre.
— Même papier, même imprimante, même photocopieuse identifiable grâce à la petite tache en haut à gauche que l'on retrouve sur chacune de ces feuilles. Cette photocopieuse se trouve dans la pièce 212 de l'Institut…
Les feuilles passèrent de main en main.
— Que suggérez-vous, lieutenant ? finit par demander l'un des participants.
— Je laisse la parole au commandant principal, répondit seulement la jeune femme.
Le commandant principal se leva, déplia son grand corps mince et sembla regarder chacun des dix officiers dans les yeux.
— Messieurs, je vais vous surprendre. Sylvie Drachet, ici présente, est en grande partie responsable de l'attentat de cette nuit contre les géopiles du quartier Est, et ce, avec ma totale approbation…
Les officiers poussèrent des cris de surprise et regardèrent leur jeune collègue qui conservait un sourire énigmatique.

— Depuis le début de l'année, le lieutenant Drachet est inscrite sous un pseudonyme en première année de l'Institut Technologique, elle y suit les mêmes cours que les étudiants, se présente aux mêmes stages, y passe les mêmes examens qu'eux. C'est ainsi qu'elle a réussi à infiltrer le réseau clandestin de l'AERES et qu'elle a pu nous communiquer leurs projets. Mais pour gagner la confiance des terroristes, il est indispensable que le lieutenant participe à des actions comme celle de cette nuit, ce que vous voudrez bien lui pardonner. Grâce à son travail, notre fichier s'est enrichi en quelques mois de plusieurs dizaines de noms…

— Qu'attend-on pour les arrêter, alors ? grommela un capitaine qui prenait sa retraite à la fin de l'année et n'avait rien à perdre à interrompre son supérieur.

— Absurde, capitaine ! cingla le commandant principal. Le menu fretin nous intéresse, bien évidemment, mais ce que nous voulons avant tout, c'est trouver et arrêter les chefs. Des contacts ont été pris entre Sylvie Drachet et les plus hauts dirigeants de l'AERES que personne ne connaît. Grâce à ses compétences et à son intelligence, notre agent est de plus en plus appréciée dans les milieux clandestins. Elle est en train de les convaincre d'entre-

prendre une action d'envergure, quelque chose d'énorme qui nous permettra de mettre la main sur tous les chefs en une seule fois.
— Et quelle serait cette action d'envergure, commandant ? demanda le même capitaine.
— Sous la pression discrète du lieutenant Drachet, les clandestins envisagent de plus en plus sérieusement de faire sauter en même temps toutes les géopiles de Suburba. J'ai bien dit *toutes* les géopiles ! Plus de géopiles : plus de lumière, plus de chauffage, plus d'eau… Plus rien ! La mort de Suburba ! Et donc l'obligation pour les autorités de donner leur accord à la remontée vers le Monde d'En Haut.
Il y eut un moment de stupeur.
— Mais imaginez que ça réussisse, commandant, ce serait une catastrophe, toute la ville serait…
— Justement, messieurs, coupa le commandant principal, cette opération ne doit réussir… que jusqu'à un certain point.
Il s'autorisa un sourire glacial avant de continuer.
— C'est-à-dire jusqu'à ce que tous les terroristes, y compris leurs chefs, soient à leur poste et que nous n'ayons plus qu'à les cueillir comme des fruits mûrs juste avant leur sabotage. Les risques sont immenses, mais Suburba ne peut se permettre de laisser cette vermine proliférer plus

longtemps en son sein. Il y va de sa puissance et de sa survie. Cette opération devra être préparée et minutée avec le plus grand soin, tout dépend de notre capacité à agir au bon moment... Personne n'aura droit à l'erreur, messieurs.

Un long silence s'installa parmi les officiers. Chacun mesurait l'énormité de ce qui allait se passer. Les géopiles sabotées, c'était la fin de Suburba qui mourrait faute d'énergie. Le commandant principal se proposait de jouer la vie de la cité à quitte ou double ! Un officier leva la main.

— Le gouverneur de Suburba est-il au courant de ce projet, mon commandant ?

— Messieurs, le rôle du gouverneur est d'administrer la ville, le nôtre est de veiller au respect de l'ordre. Nous le mettrons au courant une fois

l'opération terminée. Je vous le répète, tout ce qui vient d'être dit ici doit rester strictement confidentiel, rien ne doit sortir de ces murs.
Sylvie Drachet adressa un petit signe au commandant principal et se leva.
— Vous voudrez bien excuser le lieutenant Drachet qui doit maintenant nous quitter pour se rendre à l'Institut Technologique où ses cours débutent dans une heure… Messieurs, ajouta-t-il lorsque Sylvie Drachet eut quitté la salle, jusqu'au jour J, nous nous retrouverons chaque semaine dans ce bureau pour faire le point sur cette opération. Je vous propose de choisir « Magma » comme nom de code. La séance est levée.
Les officiers se mirent au garde-à-vous et le commandant principal sortit de la salle.

LA CACHE D'ARMES

Élodie quitta le collège sans attendre Myria. Lukas et sa mère ne rentreraient pas avant une heure mais elle n'avait pas une seconde à perdre. Elle se précipita vers la chambre de son frère et laissa échapper un cri de dépit. La porte était fermée à clé ! Élodie dévala l'escalier jusque dans la rue : c'est bien ce qu'elle espérait, la fenêtre de la chambre de Lukas était restée entrouverte. La sienne était juste à côté, sur la gauche.
Vu d'en bas, l'espace entre les deux fenêtres semblait assez étroit mais, une fois debout sur la corniche qui les reliait, l'impression était tout autre. Les mains trempées d'une sueur aigre, le corps plaqué contre le mur, les muscles noués par la peur, Élodie progressait millimètre par millimètre en maudissant sa curiosité. Enfin, ses

doigts se recroquevillèrent sur le montant de la fenêtre de Lukas ; elle s'accroupit sur le mince rebord métallique, cala son pied dans l'angle et poussa de toutes ses forces contre le battant qui s'ouvrit brusquement après une légère résistance. Élodie sentit qu'elle perdait l'équilibre, elle plongea en avant, se cogna l'épaule contre le bureau de Lukas, entraîna une lampe dans sa chute et se retrouva sur le tapis.

— Zut de flûte de crotte à boudin, maugréa-t-elle en se redressant, comme arrivée discrète, ça se pose là !

Elle releva la lampe dont l'abat-jour s'était cabossé. Lukas, si soigneux, s'en apercevrait sûrement. Tant pis ! Personne ne pourrait imaginer qu'elle, Élodie, était passée par la fenêtre. La lampe était tombée comme ça, toute seule, voilà tout...

Elle entreprit l'inspection de la chambre de son frère. Rien dans l'armoire, ni sur l'armoire, ni sous l'armoire... Rien sous le lit, ni sous le matelas, pas davantage derrière les étagères. Les tiroirs du bureau étaient impeccablement rangés. Élodie commençait à se demander si elle n'avait pas eu la berlue. Les paupières plissées, elle examina soigneusement chaque détail de la pièce. Une infime coupure dans la moquette attira son regard, juste à hauteur du radiateur géothermique. Du bout des doigts, elle tira les poils de la moquette : tout un pan rectangulaire se souleva et une trappe apparut. Élodie l'entrouvrit et resta bouche bée. Ce n'était pas un fusil à compression qu'avait caché Lukas, mais une armurerie complète ! Dissimulés le long des tuyauteries du chauffage, Élodie compta trois fusils, une dizaine de petits boîtiers, dont elle ne savait pas à quoi ils pouvaient servir, et un pistolet. Prudemment, elle approcha la main des armes. Ses doigts effleurèrent le métal froid du pistolet avant de se refermer sur la crosse. Elle le

soupesa. Surprise par le poids de l'arme, elle faillit la laisser échapper et ne la rattrapa que de justesse. Son cœur battait à tout rompre. Jamais encore elle n'avait ressenti un tel mélange de peur et d'excitation. Elle leva l'arme à bout de bras, en dirigea le canon vers le miroir de la chambre et cligna de l'œil pour viser. On se serait cru dans un de ces jeux virtuels dont les garçons de sa classe parlaient sans arrêt. Mais il y avait une différence de taille : là, tout était vrai…
Elle reposa le pistolet dans sa cachette et en sortit un fusil à compression. L'arme pesait encore plus lourd que le pistolet, mais elle était

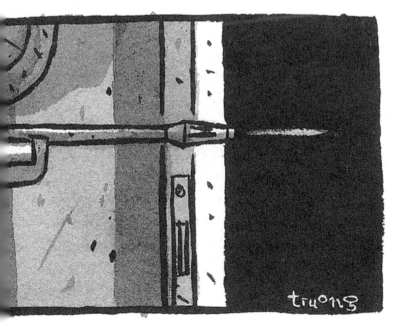

de prise plus facile : la position des mains avait été prévue sur la crosse, et les doigts venaient se placer d'eux-mêmes aux bons endroits. Après avoir observé un moment son allure dans le miroir, Élodie se faufila jusqu'à la fenêtre.

La ruelle était déserte, elle visa un point au hasard, de l'autre côté de la galerie, et appuya sur la détente. Il y eut un « pop », Élodie eut l'impression de recevoir une grande claque dans l'épaule et puis, immédiatement, un bruit de verre cassé. Elle tenait le canon encore chaud de l'arme lorsque quelqu'un se précipita à la fenêtre brisée. Elle n'eut que le temps de plonger par terre.

— Ce truc était chargé ! chevrota-t-elle d'une voix blanche.

Fébrilement, elle reposa l'arme dans sa cache, rabattit le couvercle et tenta de remettre correctement le bout de moquette.

Elle resta un long moment immobile, parcourue de frissons, incapable de se contrôler. Elle ne cessait de marmonner à mi-voix :

— Mais il est complètement givré, Lukas, de garder des trucs comme ça dans sa chambre... Il ne se rend pas compte... J'aurais pu tuer quelqu'un...

Tremblant comme une feuille, elle s'approcha de la fenêtre. Là-bas, le type aux vitres cassées

gesticulait comme un fou et ameutait tout le quartier. Il sembla à Élodie que des centaines de personnes étaient soudain sorties de chez elles, encombrant maintenant les rues à la recherche du coupable. Les gardes n'allaient pas tarder à débouler, sans compter sa mère et Lukas !
Elle devait quitter cette pièce ! Impossible de repasser par la corniche, les badauds qui gesticulaient là-bas l'apercevraient immédiatement. La seule solution consistait à suivre le chemin de Lukas et sauter. Facile à dire ! Il y avait plus de deux mètres et Élodie savait qu'elle n'aurait pas le temps d'ajuster son saut sous peine de se faire repérer. Le temps pressait, dans un instant le coin grouillerait de monde.
Le cœur à cent à l'heure, les yeux brouillés de larmes, Élodie prit une grande inspiration, enjamba le rebord de la fenêtre sans même regarder si quelqu'un passait et sauta. Elle eut l'impression que ses genoux lui remontaient directement dans le cerveau : elle s'était mal reçue, encaissant tout le choc sur les talons. Lorsqu'elle se releva, une myriade de particules lumineuses tournoyaient autour d'elle. Elle fit le tour du bâtiment et, encore sonnée, grimpa l'escalier quatre à quatre. Elle tapa son code

d'entrée, fila dans sa chambre et, s'asseyant à son bureau, ouvrit un livre au hasard.

Quelques secondes plus tard, la serrure électronique grésillait. Sa mère rentrait...

— Coucou, ma chérie, je suis là ! lança-t-elle d'une petite voix guillerette en entrant dans la chambre. Déjà au travail !

— Coucou, maman, bredouilla Élodie.

— Oh, oh ! on dirait que ça ne va pas fort, Élodie... Tu as eu de mauvais résultats en classe ?

Sa mère s'approcha et posa la main sur sa joue.

— Mais tu es en sueur !

— C'est parce qu'il fait très chaud ici... Ce doit être les radiateurs.

— Mais pas du tout, ils sont tous fermés. Oh, toi, tu nous couves quelque chose...

Le bruit de la porte d'entrée interrompit la discussion. C'était Lukas...

— Jour m'man ! Tiens, je te présente Axelle, une copine de l'Institut Technologique. On va réviser quelques cours ensemble.

Encore sous le choc, Élodie dressa cependant l'oreille : Lukas ramenait une copine à la maison ! Une amoureuse peut-être... Elle se faufila dans le couloir. La fille brune regarda Élodie de ses petits yeux ronds et noirs, et lui sourit.

— Bonjour, Élodie, Lukas m'a beaucoup parlé de toi. Je m'appelle Axelle.
— Salut, répondit Élodie en se forçant à sourire.
La fille lui plut tout de suite. La dernière copine que Lukas avait ramenée à la maison était une pimbêche qui n'avait pas cessé de traiter Élodie comme une gamine ; celle-ci avait l'air de la prendre au sérieux. Elle lui tendit la main et la regarda disparaître dans la chambre de Lukas.
— Je vais faire quelques courses, ma chérie, déclara sa mère, fais ton travail et surtout, ne dérange pas Lukas et son amie…
Travailler ! C'était tout simplement impossible. Trop de choses se bousculaient dans sa tête : le coup de fusil, la nouvelle amie de Lukas…
La porte à peine fermée, Élodie se faufila sur la pointe des pieds dans la salle de bains, se hissa sur le tabouret et regarda au travers de la grille d'aération. Tout d'abord, elle ne vit rien, Lukas et Axelle restaient en dehors de son champ de vision.
— Tu as tout ? demanda Lukas d'une voix feutrée.
— Oui, dans ma sacoche.
La fille apparut et sortit deux objets métalliques qu'elle emboîta l'un dans l'autre avec un claquement sec. Élodie pressa sa main sur sa bouche

37

pour étouffer un cri : Axelle tenait entre les mains une sorte de mitraillette.

— Et voilà le dispositif de visée infrarouge qui te permet de tirer à coup sûr, même en pleine obscurité, poursuivit Axelle.

Par la grille, Élodie aperçut les mains de son frère qui soupesaient l'arme.

— Super, fit-il. Tu es sûre que ton oncle ne s'en apercevra pas ?

— Je te l'ai déjà dit ! répondit la fille d'une voix légèrement agacée. Dans l'armurerie des gardes, tout est géré par informatique. J'ai réussi à lui piquer son code d'accès, cette arme est désormais supprimée des listes, elle n'a jamais existé. À condition de ne pas le faire trop souvent, il n'y a aucun risque…

Lukas hocha la tête en silence.

— Bon, je la range avec le reste, finit-il par dire.

Il disparut à nouveau du champ de vision d'Élodie.

— Axelle, chuchota-t-il soudain, on dirait que quelqu'un a tripoté la moquette, au-dessus de la cache…

La fille le regarda curieusement.

— Ta porte était bien fermée ?

— Oui, évidemment !

Elle sourit.

— Tu es trop nerveux, Lukas, crois-moi, d'inoffensifs étudiants de l'Institut Technologique comme toi et moi sont insoupçonnables. Nous représentons « l'avenir » de Suburba, ne l'oublie pas…
— Oui… Tu dois avoir raison… Au fait, tu viens toujours à la réunion de jeudi soir ?
— Bien sûr !
— J'ai pu contacter Vladim, il voudrait te rencontrer.
— Je suis à sa disposition, fit la fille, le sourire toujours aux lèvres… On travaille ?
Bon, d'accord, ils ne s'étaient pas embrassés, mais Élodie avait vu des choses autrement plus importantes. Elle revint silencieusement vers sa chambre en réfléchissant à ce que faisait Lukas… Son frère était un vrai héros !
Elle lut rapidement le nom de la fille sur le badge de l'Institut Technologique encore agrafé sur sa veste :

Axelle MORANT
étudiante 1re année

5

Des flics sur la piste

L'expert en balistique Duroust gara son speedo-cycle le long de la 5ᵉ galerie. Même s'il connaissait chaque recoin de Suburba sur le bout des doigts, il tenait toujours à se rendre en personne sur les lieux de l'enquête : un simple examen des bâtiments suffisait parfois à formuler des hypothèses intéressantes sur une affaire. Cette partie du quartier Est qui jouxtait les premiers secteurs Sud datait du tout début de la Colonisation du Monde Souterrain, une époque où l'on construisait encore avec des matériaux provenant du Monde d'En Haut : du béton, du plâtre, du ciment et même, dans quelques rares maisons construites pour les premiers colons dès 2022, du bois. Duroust sourit. Du bois ! Il se souvint que son grand-père avait conservé une table en bois pendant des années… Un matériau impossible, qui rétrécissait ou gonflait selon l'humidité, qui pouvait brûler... Bref, quelque chose de totalement irrationnel et inutilisable. Les polycondensés que l'on tirait depuis une vingtaine d'années du magma étaient maintenant d'une totale fiabilité. Lui-même habitait dans le quartier Nord une des premières habitations construites en polycondensé et il s'en félicitait chaque jour.

La voix chaleureuse du commissaire Murray le fit sursauter :

— Alors, Duroust, on rêvasse ?

— Tu m'as fait peur, grogna celui-ci en lui serrant la main. Raconte-moi tout, commissaire mon ami, que se passe-t-il ?

— Quelque chose de bizarre. Cet après-midi, sur le coup de 16 heures 30, le locataire de l'appartement 27 entend un bruit de verre cassé. Il file voir dans son salon : la vitre de sa fenêtre venait littéralement d'éclater.

— Et tu me déranges pour un truc pareil ? s'insurgea Duroust.

— Non, je te dérange parce qu'on a retrouvé dans le mur opposé à sa fenêtre... un impact de balle.

Duroust leva un sourcil.

— Une balle ? Montre-moi ça !

Négligeant l'ascenseur, les deux hommes emprun-

tèrent l'escalier. Comme l'avait observé Duroust, l'appartement était construit en matériaux provenant du Monde d'En Haut. La balle, bien visible, s'était logée dans une cloison de plâtre en y laissant une trace tout à fait nette. C'était l'avantage des matériaux anciens, sur une cloison en polycondensé, la balle se serait écrasée. Duroust jouait sur du velours. Il s'approcha de l'impact et sifflota :
— Un calibre 5.56 ! On aurait voulu descendre ton bonhomme qu'on n'aurait pas pris autre chose !
— Bon sang, murmura le commissaire Murray, d'où sort cette arme ?
— Mmm, répondit Duroust en écho, d'autant que ce n'est pas moi qui vais t'apprendre qu'officiellement, les seules armes à feu en circulation à Suburba sont celles des gardes…
— Ouaip, gronda Murray, et ce n'est pas moi qui vais t'apprendre que depuis trois mois c'est la quatrième fois qu'une arme à feu est utilisée en ville… Le commandant principal est sur les dents.
L'expert sortit de son étui une sonde électronique dont il enfila l'extrémité dans le trou que la balle avait creusé dans la cloison de plâtre. Il en relia l'autre extrémité au petit ordinateur portable de sa mallette et lança le système de calcul. Les deux hommes se turent un moment, tandis que les

chiffres défilaient à toute allure sur l'écran. Au bout de quelques secondes, l'appareil émit un petit « bip » et Duroust se pencha pour relever les données affichées à l'écran. Les chiffres indiquaient les angles horizontaux et verticaux du tir de la balle avec une précision d'un dixième de degré.

— Bon, marmonna Duroust, dans cinq minutes, on saura d'où est parti le coup de feu.

Le commissaire Murray le regarda tripoter tout un tas d'instruments auxquels il ne comprenait rien. Méticuleusement, Duroust effectua une série de branchements et de réglages. L'appareil de visée qu'il avait branché sur son ordinateur bougea de façon imperceptible avant de se fixer dans une direction.

— Regarde, fit-il.

Duroust appuya brièvement sur un contacteur. Un rayon bleuté alla aussitôt frapper contre les vitres d'une fenêtre, à cent cinquante mètres de là.

— Et voilà, rayonna le spécialiste, tu as quatre-vingt-dix pour cent de chances que ton tireur se soit embusqué derrière cette fenêtre.

— Et les dix pour cent restants ? gronda Murray.

— C'est pour les ouvertures directement situées à côté de celle-ci.

Murray sortit un petit planoscope de sa poche. Il

pianota le numéro de secteur et fouilla du regard l'entrelacs des rues et des galeries affiché sur l'écran.

— C'est là ? fit-il enfin en écrasant son index à l'emplacement de la maison d'Élodie.

Duroust acquiesça silencieusement.

— Bon ! J'envoie tout de suite des hommes là-bas.

— Non, attends, fit l'expert en balistique en lui posant la main sur le bras. Je vais extraire la balle pour l'analyser et comparer avec les autres impacts de balles relevés à Suburba ces derniers mois. Tu coinceras ton bonhomme lorsqu'on aura tous les renseignements. Contente-toi de quadriller le quartier et de te connecter au fichier des résidents. Je t'appelle dès que j'ai des nouvelles.

Murray opina sombrement.

— Fais vite, tous les grands chefs sont sur les dents. Si cette affaire s'ébruite, je peux faire un trait sur ma carrière !

— Dans quelques heures, tu auras tout ce qu'il faut pour coincer ton bonhomme, assura Duroust en faisant habilement glisser la balle dans une boîte.

Il était 4 heures 30 du matin lorsque le téléphone sonna au domicile du commissaire Murray.

— Allô, bâilla Murray en se grattant le ventre.

— Duroust à l'appareil.
— Bon sang, tu ne dors jamais, fit le commissaire qui étouffa un nouveau bâillement.
— Faut savoir ce que tu veux ! J'ai travaillé toute la nuit pour toi, commissaire. Ouvre bien tes oreilles : l'arme qui a tiré hier est la même que celle qui a flingué le photoclare du collège Matthis il y a deux jours... C'est également celle qui a mis le feu à un microcar de gardes en atteignant sa batterie il y a trois mois.
— Nom d'un chien ! lâcha le commissaire tout à fait réveillé. Tu es sûr de ce que tu dis ?
— À cent pour cent ! Les rayures microscopiques de la balle sont les mêmes dans les trois cas, et tu sais comme moi que deux armes différentes ne laissent jamais les mêmes traces...
— Bon sang de bonsoir, c'est un coup des terroristes alors...
— Ça y ressemble fortement ! Et toi, de ton côté, sais-tu qui se cache derrière la fenêtre qu'on a repérée hier ?
— C'est à n'y rien comprendre. D'après le fichier, il s'agit d'une famille tout ce qu'il y a de plus paisible. Le père est informaticien au RATS[1], sa femme

---

1. Réseau automatique des transports de Suburba.

est médecin à l'hôpital central et ils ont deux enfants, Lukas, dix-huit ans, qui est un des meilleurs éléments de l'Institut Technologique, et une gamine de dix ans, Élodie. Voilà des années qu'ils vivent là sans problème ! Vraiment pas le profil de terroristes… Et puis pourquoi choisir le locataire de l'appartement 27 ? C'est un vieux bonhomme qui a travaillé comme ouvrier aux usines de recyclage du magma des quartiers Sud pendant vingt-cinq ans avant de prendre sa retraite, rien à voir avec une cible pour les types de l'AERES.
— Mmm, admit Duroust, c'est curieux.
Il resta un moment silencieux.
— Mais il y a une autre possibilité… poursuivit-il.
— Laquelle ?
— Une fausse manœuvre. Le type nettoie son arme, fait un faux mouvement et pan !
— Pfff, soupira le commissaire en haussant les épaules, si les terroristes étaient aussi maladroits que ça, il y a longtemps qu'ils seraient tous en tôle ! De toute manière, dès ce matin, on fait une descente chez ces gens-là et on sera vite renseignés.
— Bon, tu me tiens au courant, moi je vais me coucher.
— Veinard, lança le commissaire.

6

Le « jour » se lève

Suburba, 20 octobre 2096

Élodie n'avait pas fermé l'œil de la nuit. Cette histoire de coup de fusil et de fenêtre brisée tournait dans sa tête comme un manège : on ne se fait pas tirer dessus sans prévenir les gardes, d'autant que, comme tout le monde, elle savait que les armes à feu étaient interdites à Suburba… Quelque part dans cette ville, en ce moment même, des policiers enquêtaient sur cette histoire. Et cette fille ? et Lukas ? que faisaient-ils avec tout cet arsenal ? Il y avait de quoi les envoyer en prison pour des années ! Ou pire, les condamner à aller travailler sur les capteurs de magma. Cette pensée fit frissonner Élodie.
Les capteurs de magma se trouvaient à plusieurs centaines de mètres au-dessous de Suburba, à

proximité des failles qui plongeaient au cœur même du magma en fusion. Il régnait autour des capteurs des températures effroyables qui pouvaient dépasser les 300 °C ! En dépit des vêtements isolants et des appareils respiratoires, il était impossible à un homme de rester plus d'une demi-heure d'affilée à proximité des failles. Le taux de mortalité y était dix fois supérieur à celui de Suburba. Et pourtant, il fallait y aller, c'est à ce prix que fonctionnaient les géopiles qui fournissaient l'énergie de la ville. Deux catégories d'hommes y travaillaient : les volontaires engagés pour un an au maximum et qui gagnaient là en un mois ce que la majorité des Suburbains gagnaient en un an, et les condamnés pour de lourdes fautes (généralement des assassins, et depuis peu quelques « terroristes ») qui y purgeaient des peines pouvant aller jusqu'à trois ans. Ils remontaient de leur séjour auprès des capteurs usés, brisés et prématurément vieillis. Quand ils en revenaient !
Élodie frissonna d'inquiétude. Le léger sifflement d'un microcar électrique attira son attention. Elle se faufila jusqu'à sa fenêtre et se sentit soudain défaillir, à la limite de l'évanouissement. Un bourdonnement tenace emplit ses oreilles, ses jambes devinrent cotonneuses. Elle s'appuya sur le rebord

de la fenêtre pour ne pas tomber. Là, tout en bas, dans la lueur blafarde des photoclares réglés pour la nuit, une nuée de gardes prenait place autour de la maison. Les visières argentées de leurs casques leur donnaient une allure terrifiante, inhumaine.

La bouche sèche, le souffle court, elle regardait les hommes se déplacer silencieusement, la visée vidéo de leurs armes déjà branchée. Comme dans un ballet bien ordonné, chacun allait occuper son poste sans gestes inutiles et sans paroles superflues. Les rouages bien huilés de la police de Suburba se mettaient en marche pour elle ! Car c'était elle qu'ils venaient chercher ! Le corps d'Élodie se mit à trembler, ses yeux se remplirent de larmes.

— Mais je ne l'ai pas fait exprès, murmura-t-elle d'une voix si rauque qu'elle en sursauta. C'était juste pour de faux…

Tous ces types allaient découvrir la planque de Lukas et de la fille. Ils allaient les arrêter, les condamner. Elle eut un instant la vision horrible de son frère remontant des capteurs de magma au bout de trois années d'une séparation interminable. Un Lukas amaigri, desséché, dont le corps de vingt ans, brûlé par les hautes températures, serait déjà celui d'un vieillard. Un cauchemar

pire que tous ceux qu'elle avait pu faire jusqu'à présent !
Elle s'effondra en sanglots silencieux et resta un long moment prostrée. Lorsqu'elle releva les yeux, son réveil indiquait 6 heures 30 plusieurs fois, elle avait entendu dire que les gardes n'avaient pas le droit d'arrêter les gens chez eux avant 7 heures. Encore trente minutes. Elle eut une pensée pour ses parents, ils ne soupçonnaient rien… Les heures à venir allaient être terribles pour eux aussi.
Élodie eut soudain un espoir fou : ce n'était peut-être qu'un mauvais rêve… Elle écarta le store de quelques centimètres. Mais non, tout était bien réel : les gardes étaient toujours là, immobiles et silencieux. Elle n'arrivait pas à détacher son regard de leurs uniformes blancs. Dans quelques minutes, ces hommes frapperaient à la porte, investiraient brutalement la maison sous le regard affolé de ses parents, ils lui passeraient les menottes sans ménagement et entreprendraient une fouille en règle de la maison, trouveraient les armes. Ce serait alors au tour de Lukas d'être arrêté…
Annoncé par le grésillement à peine audible de son moteur électrique, un speedocycle apparut et

freina brusquement devant deux hommes en civil qu'Élodie n'avait pas remarqués, immobiles au milieu des gardes. Une silhouette descendit souplement du siège passager et fonça droit sur les deux types tandis que le pilote mettait l'engin sur la béquille. Quelque chose de nouveau semblait se passer ! Oubliant toute prudence, Élodie écarta un peu plus le store et, les yeux plissés, gênée par l'obscurité, observa la scène. Le passager retira son casque, libérant une queue de cheval. Une femme ! Ses gestes secs et impérieux établissaient clairement son autorité. Elle sortit un papier de sa poche et le tendit aux deux types en civil qui échangèrent un regard incrédule. Il y eut un moment de flottement. Immobile devant eux, les bras croisés, la femme attendait. L'un des hommes prit finalement son portable et chuchota quelque chose. Quelques secondes plus tard, Élodie, ébahie, vit les gardes embusqués se relever, démonter leurs armes et embarquer dans le plus total silence à bord des microcars qui se dispersèrent immédiatement, tous feux éteints, dans les galeries de Suburba. Leur repli n'avait pris que quelques instants, seuls la femme et les hommes en civil restaient maintenant en bas, dans la rue. Les deux hommes prirent place à bord d'une voiture électrique garée un peu plus loin. La femme se dirigea vers le speedocycle. Avant de remettre son casque, elle lança un coup d'œil vers les fenêtres d'Élodie et de Lukas.

Élodie étouffa un cri : ce visage levé vers elle, c'était celui de l'amie de Lukas ! La fille à la mitraillette ! Axelle Morant !...

Élodie ferma les yeux un instant. Elle ne comprenait plus rien... Lorsqu'elle les rouvrit, le speedocycle avait déjà disparu.

Son réveil indiquait 7 heures moins 5. La porte de sa chambre s'ouvrit.

— Déjà debout, ma chérie ? demanda sa mère.

— Oui, bredouilla Élodie, euh... J'avais entendu du bruit dans la rue.

— Oh, tu as dû rêver, fit sa mère avec un léger bâillement.

QUI EST CETTE FILLE ?

Pendant les semaines qui suivirent, Axelle revint plusieurs fois sous prétexte de réviser avec Lukas les examens blancs de l'Institut Technologique.
Cette fille inquiétait Élodie. Qui était-elle ? Comment pouvait-elle à la fois participer aux activités clandestines de Lukas, lui apporter des armes volées et imposer ses ordres aux gardes comme elle l'avait fait l'autre nuit ? Mais il fallait bien reconnaître que c'était grâce à son intervention qu'ils n'étaient pas venus les arrêter au petit matin… Elle les avait protégés. En attendant d'éclaircir le mystère, Élodie décida d'éviter autant que possible Axelle. Dès qu'elle entendait le léger cliquetis de la serrure électronique, elle courait se réfugier dans sa chambre.

Mais à peine son frère avait-il refermé sa porte qu'Élodie filait jusqu'à la salle de bains et se collait le nez à la grille d'aération.
Pendant plusieurs jours, il ne se passa rien. Comme ils l'avaient annoncé, les deux jeunes gens révisaient effectivement leurs cours. De son poste d'observation, Élodie ne pouvait pas voir Lukas à son bureau, mais, bien en face d'elle, sagement assise sur le lit, Axelle relisait ses cours, la tête entre les mains. De temps à autre, l'un d'eux se levait.
— Tu me poses les questions de géothermie ?
Suivaient de fastidieuses minutes pendant lesquelles Lukas et Axelle s'interrogeaient réciproquement. Élodie ne comprenait pas un mot de tout leur charabia scientifique et finissait par croire qu'elle avait eu la berlue. N'avait-elle pas inventé toute cette histoire ? Ce qui s'était passé l'autre nuit était-il bien réel ?...

Les choses changèrent le jeudi 14 novembre en début d'après-midi. Son professeur principal étant absent, Élodie rentra très tôt du collège. Lukas et Axelle étaient déjà là, enfermés comme d'habitude dans la chambre de son frère. Les premiers examens blancs devaient débuter la semaine suivante et l'Institut Technologique leur laissait le jeudi et le vendredi libres afin de réviser. Élodie ne put s'empêcher de jeter un coup d'œil par la grille d'aération. Le sourcil froncé, Lukas réfléchissait avec application et baragouinait des trucs incompréhensibles :

— Y étant une fonction imaginaire conjuguée, on remplace l'équation d'évolution de la relation F = dp/dt par l'équation d'Erwin Schrödinger…

— C'est exactement ça, le félicita Axelle en souriant, tu te débrouilles beaucoup mieux que moi en mécanique.

— Tu crois ? demanda Lukas en reprenant son livre.

— J'en suis sûre ! À tous les coups, c'est toi qui vas décrocher la meilleure note.

Elle s'approcha de Lukas, lui passa les bras autour du cou et colla ses lèvres contre les siennes.

— Ouaaaa, fit tout bas Élodie qui n'en perdait pas une miette, carabistouille la grenouille, carabiston mon tonton…

Lorsqu'ils se séparèrent, Lukas était écarlate. Il bafouilla deux ou trois choses inaudibles et finit par articuler :

— Bon, euh… À propos, ce soir, pour la réunion. J'ai vu les autres : Vladim sera là. Tout va se décider.

— Et tu penses qu'il sera d'accord avec le projet ?

— Je ne sais pas. La dernière fois que je l'ai vu, il

n'a rien voulu me dire. Fais attention en venant. Ce sera peut-être dangereux. Tu sais, les gardes ont des oreilles partout, nous devons être très prudents.

— Tu es trop inquiet, Lukas, tout se passera très bien, j'en suis persuadée.

Elle lui effleura la joue du bout des doigts et rassembla ses affaires dans sa sacoche. Élodie n'eut que le temps de se précipiter vers sa chambre. Elle avait à peine la main sur la poignée qu'Axelle sortit de la chambre de son frère.

— Tiens, tiens, fit Axelle en l'embrassant chaleureusement sur les deux joues, voilà Miss Élodie ! Tu n'as pas de cours cet après-midi ?

Élodie secoua la tête.

— Oh, oh ! tu n'es pas très bavarde ! Bon je file, à demain Lukas, fit-elle avec un rapide clin d'œil.

Elle disparut derrière la porte, repassa rapidement la tête par l'entrebâillement et ajouta à l'adresse d'Élodie.

— Et toi, ne fais pas trop de bêtises…

Élodie blêmit, un filet de sueur glacée dégoulina le long de sa colonne vertébrale. Le visage souriant d'Axelle s'effaça derrière la porte. Même si cela avait été dit sur le ton enjoué habituel à Axelle, elle avait nettement senti poindre la menace.

8

SORTIE AU COUVRE-FEU

Comme d'habitude, l'intensité des photoclares baissa des deux tiers à 22 heures 30 précises. Les ombres s'allongèrent, la pénombre s'installa dans les rues et les galeries de la ville. Les dernières voitures électriques filaient chez elles au plus vite : depuis le dernier attentat contre les géopiles du quartier Est, le gouverneur de Suburba avait décrété le couvre-feu à 23 heures. Les patrouilles de gardes quadrillaient la ville durant toute la nuit et arrêtaient les contrevenants, n'hésitant pas à les passer à tabac s'ils tentaient de fuir ou de résister.
Habillée d'un jogging sombre et de chaussures de sport, Élodie était assise sur son lit.
Elle guettait les moindres bruits provenant de la chambre de son frère. Il n'était pas loin de

23 heures 30 lorsqu'elle entendit enfin le cliquetis caractéristique de la fenêtre. Elle se glissa jusqu'à la sienne. L'ombre de Lukas se profila un court instant sur la corniche et disparut de sa vue. Quelques secondes plus tard, la fillette perçut nettement le bruit sourd de sa réception au sol. Personne ne semblait attendre son frère en bas.
Élodie prit le temps de compter jusqu'à vingt, escalada la corniche à son tour et se pencha. C'était toujours aussi haut ! Elle serra les dents et se jeta dans le vide. Contrairement à la première fois, elle se reçut souplement, amortit le choc et se rejeta aussitôt dans l'ombre du mur. Là-bas, la silhouette de Lukas venait de tourner sur la gauche.
Elle attendit un moment, le cœur battant, puis courut silencieusement jusqu'à l'angle de la rue. Lukas la précédait d'une trentaine de mètres ; il se faufilait d'un porche à l'autre, attentif à éviter les halos lumineux des photoclares. Il se retournait parfois, examinait attentivement les environs sans faire le moindre geste puis reprenait sa progression. Plus Lukas s'éloignait de chez eux, plus Élodie sentait son ventre se nouer. C'était une folie de le suivre ! Deux ou trois fois, elle se retint de se précipiter vers lui pour le supplier de rentrer.

Lukas s'enfonçait dans l'entrelacs des ruelles du vieux quartier Est, il déboucha enfin sur la 8ᵉ galerie, celle qui menait au collège Matthis.
Le léger sifflement d'un moteur perça soudain le silence. Une patrouille ! Les bras d'Élodie se grêlèrent de chair de poule. Elle se terra derrière un diffuseur d'énergie qui ronronnait à peine. Le pinceau des phares balaya la semi-obscurité, le véhicule déboucha d'une galerie et stoppa en plein milieu du carrefour. Dans un silence total, le radar fixé sur le toit entra en fonction. Capable de détecter le moindre mouvement dans un rayon de cent mètres, l'appareil pivotait lentement sur lui-même. Élodie retint son souffle : encore une poignée de secondes et la parabole du radar se dirigerait droit sur elle. La courte antenne de l'engin se déplaça de quelques centimètres, se braqua sur le diffuseur d'énergie, balaya l'espace au-dessus d'Élodie et poursuivit sa rotation. Les yeux agrandis par l'inquiétude, elle le vit approcher de la cache de son frère dont elle n'apercevait plus qu'une masse sombre et informe. Le radar stoppa soudain son mouvement. Élodie se mordit le poing pour ne pas hurler. Une poignée de secondes mortelles s'écoula avant que l'appareil ne reprenne sa rotation. Puis

la patrouille repartit et le microcar remonta la galerie en direction du nord.

Lukas attendit si longtemps avant de bouger qu'Élodie crut un instant qu'il n'était plus là. Sa silhouette se profila enfin dans la pénombre et s'approcha du trottoir. Courbé en deux, il hésita un bref instant avant de traverser et de reprendre sa course vers collège. Élodie lui emboîta le pas, mais elle se prit le pied dans le trottoir et tomba lourdement en avant. Étouffant un cri, elle plongea dans une zone d'ombre. Lukas s'était subitement retourné et revenait lentement sur ses pas, une main glissée dans sa poche. Peut-être avait-il une arme ! Peut-être allait-il la descendre froidement, là, en pleine nuit, sans savoir que c'était elle !

Élodie rampa jusqu'à un renfoncement et s'y terra. Le cœur battant, les yeux brouillés de larmes, elle attendit, persuadée que Lukas allait surgir. Plusieurs secondes s'écoulèrent comme autant d'heures. Rien ne se passa... Élodie jeta un regard prudent en direction de la galerie.

Son frère avait disparu.

Le cœur lui manqua. Elle gémit sourdement. Que faire ? Renoncer ? Continuer seule ? Comment le retrouver, maintenant ? S'était-il lui aussi dissimulé dans un recoin ? Avait-il poursuivi son

chemin ? Et en ce cas, dans quelle direction ?...
Élodie allait sortir de sa cachette, quand un léger grincement l'obligea à y replonger. Tous phares éteints, moteur coupé, un speedocycle descendait lentement la rue. L'engin s'arrêta à quelques mètres d'elle.
Avec le même geste que la dernière fois, Axelle retira son casque et secoua ses cheveux. Elle examina brièvement les alentours et sortit d'une sacoche un téléphone portable dans lequel elle murmura rapidement quelques mots.

Dans les secondes qui suivirent, cinq hommes sortirent d'un immeuble proche pour la rejoindre. Axelle chuchota quelques phrases soulignées de rares gestes. Tout se passa si vite et si discrètement qu'Élodie n'en saisit pas un mot. Les hommes se dispersèrent dans l'obscurité. L'un d'eux passa si près d'Élodie qu'elle aurait pu le toucher rien qu'en étendant la main.

Elle frémit, les muscles paralysés par une peur qu'elle n'avait encore jamais éprouvée : ces hommes étaient des gardes de l'Ordre souterrain et Axelle était un de leurs agents ! Une espionne infiltrée au cœur même de la résistance ! Lukas était directement menacé par cette fille. Élodie fondit silencieusement en larmes.

Restée seule, Axelle sortit un dossier de sa sacoche et s'engagea dans la direction où Lukas avait disparu. Elle ressemblait à n'importe quelle étudiante de l'Institut Technologique...

Élodie ferma les yeux. Elle se sentait impuissante et désespérée. Tout courage l'avait abandonnée. Elle se rétracta au fond de sa cachette comme un petit animal pourchassé. Insensiblement, minée par la fatigue et l'angoisse, elle sentit l'engourdissement la gagner. Elle tenta de réagir, mais elle était trop exténuée. Recroquevillée sur elle-même, elle s'endormit...

LA CONSPIRATION
Suburba, nuit du 14 au 15 novembre 2096

La salle minuscule en sous-sol était chichement éclairée par quelques torches électriques qui diffusaient une lueur jaunâtre et incertaine. Les personnes présentes – une dizaine au plus – se taisaient. C'est à peine si quelques chuchotis s'échangeaient parfois de l'un à l'autre. La tension se lisait sur les visages graves et fermés.
— Voilà Vladim, murmura quelqu'un.
Une porte s'ouvrit et un homme corpulent entra, les dernières voix se turent. L'homme serra silencieusement quelques poignées de main. Il s'approcha de Lukas et lui tendit sa main grassouillette avant de serrer celle d'Axelle. Il observa un moment la jeune femme avant de se laisser lourdement tomber sur une chaise.

— Alors ? lâcha-t-il comme si ce simple mot l'épuisait.

Elle hocha la tête sans répondre, les yeux fixés sur ceux de Vladim.

— Voilà bientôt un mois, reprit-il, qu'on tourne et retourne dans tous les sens votre projet... Une action bien dangereuse, ne trouvez-vous pas ?

De nouveau, Axelle hocha la tête sans répondre.

— Bien dangereuse, reprit Vladim pensivement, comme s'il réfléchissait pour lui-même, et bien aléatoire... Les géopiles sont les lieux les plus surveillés de toute la ville. La garde en a été renforcée ces derniers jours et nous n'avons pas le quart de l'entraînement et du matériel qu'il nous faudrait pour réaliser une action de cette ampleur. Faire sauter toutes les géopiles de Suburba n'est pas une mince affaire.

Axelle prit la parole d'une voix tendue.

— Depuis soixante-dix ans, nous vivons sous terre comme des rats. Chacun de nous le sait, nous ne sommes pas faits pour cette vie. Notre vraie vie est ailleurs, dans le Monde d'En Haut. Les habitants de Suburba ne se rendent pas compte qu'on ne les maintient ici que pour mieux les contrôler. La petite sécurité qu'offre la cité est à des kilomètres du bonheur auquel nous aspirons tous. Et, en dépit de ce qu'assure le gouverneur de Suburba, le Monde d'En Haut est viable ! Les grandes pollutions des années 2000 se sont résorbées, tous les tests récents l'ont prouvé. Jusqu'à présent, les actions entreprises par l'AERES sont restées ponctuelles, limitées. Et tout ce que nous y avons gagné, c'est un renforcement des mesures de contrôle dans la ville. Ce qu'il faut, c'est frapper un grand coup ! En détruisant toutes les géopiles de Suburba, nous nous attaquons au cœur même de la ville. Pendant la durée des réparations, nous le savons, Suburba sera plongée dans l'obscurité la plus totale ! Plus de lumière, plus d'eau, plus de chauffage !... En quelques heures, les Suburbains se rendront compte de la fragilité de ce monde artificiel dans lequel on les contraint à vivre. À nous de faire le nécessaire ensuite pour les entraîner à exiger la réouverture des accès au Monde d'En Haut. Une fois les portes rouvertes, chacun sera libre de choisir entre partir ou rester ! Libre...

Un murmure d'approbation parcourut les participants. Lukas était subjugué par la force de persuasion d'Axelle. Cette fille était formidable.

Toujours dans l'ombre, Vladim se leva lourdement et s'approcha d'elle.

— Ton projet est ambitieux, commença-t-il en

passant au tutoiement. Ambitieux, dangereux, mais sans doute efficace. Tu as peut-être raison : il faut frapper un grand coup si l'on veut faire progresser nos idées.
Le gros homme soupira profondément et se tourna vers les personnes présentes.
— Vous avez tous pu lire le dossier qu'Axelle vous a transmis… Une telle opération ne se fera pas sans arrestation. Il y aura sans doute des blessés (Vladim marqua un arrêt) et peut-être des morts. Vous savez que je n'ai jamais été favorable aux actions qui mettent des vies en danger, mais sans doute le moment de choisir est-il venu.
Vladim ménagea un long moment de silence.
— La décision est entre nos mains, reprit-il. Qui est pour ?
Une à une, toutes les mains se levèrent.
— Unanimité, prononça gravement Vladim. Compte tenu du travail préparatoire d'Axelle et de Lukas, je pense que trois semaines devraient nous suffire pour être opérationnels. Nous allons dès maintenant distribuer les tâches de chacun. Lukas, Axelle, je vous cède la parole…
À l'extérieur, un homme avait prudemment rampé jusqu'à la lucarne de l'entresol. Il avait pris son temps pour y arriver, s'assurant à chaque ins-

tant que les « terroristes » n'avaient pas posté de sentinelles aux alentours. La seule silhouette qu'il avait repérée se tenait dans l'ombre, à l'entrée du bâtiment. Il ne lui avait pas fallu vingt secondes pour lui passer sous le nez sans que le type s'aperçoive de quoi que ce soit. Il sourit silencieusement : ces gars-là étaient de vrais débutants. Ça allait être un jeu d'enfant que de les piéger.
À l'intérieur, dans la petite salle en entresol, la discussion battait son plein. L'homme sortit de sa poche un minuscule appareil photo infrarouge. Un engin ultraperformant, capable de fonctionner même dans l'obscurité absolue des galeries abandonnées de Suburba. Chaque prise de vue était numérisée, il suffisait ensuite de connecter l'appareil à l'ordinateur central de la Sécurité, pour obtenir une fiche de renseignement complète sur la personne photographiée : ses nom, âge et adresse, bien entendu, mais aussi sa carte génétique, ses antécédents médicaux, la liste de ses amis, ses habitudes, etc. Depuis la fondation de la ville, chacun des habitants de Suburba avait sa fiche répertoriée au cœur de la prodigieuse mémoire de l'ordinateur central.
Consciencieusement, l'homme « mitrailla » les personnes présentes.

La réunion se termina tard. Les participants quittèrent la salle un à un, à plusieurs minutes d'intervalle, et sortirent en longeant les zones d'ombre. Lukas et Axelle se rejoignirent brièvement dehors, le temps d'un baiser.

Élodie avait passé tout le temps de la réunion recroquevillée dans sa cachette, tantôt somnolant d'un mauvais sommeil empli de cauchemars, tantôt en proie à une torpeur qu'elle ne parvenait pas à secouer. Elle sursauta en entendant un bruit de pas, à quelques centimètres de l'endroit où elle se terrait et reconnut la silhouette d'Axelle qui regagnait son speedocycle. La jeune femme jeta un rapide coup d'œil autour d'elle et sortit un portable de sa poche.

— Dans cinq minutes au quartier général, chuchota-t-elle.

Un long frisson de peur parcourut Élodie. Elle était la seule à savoir qui était Axelle Morant…

Un microcar fila le long d'une galerie, projetant les sinistres éclats violets de son gyrophare le long des immeubles silencieux, il pila au carrefour et remonta à toute allure en direction du nord. Élodie allait devoir rentrer seule au cœur de la nuit électrique de Suburba quadrillée de patrouilles.

10

FRÈRE CONTRE SŒUR

Dans les jours qui suivirent, Élodie essaya de dire à son frère ce qu'elle savait sur Axelle. Ce n'était simple ni à dire, ni à faire : les deux jeunes gens étaient de plus en plus souvent ensemble, et il n'était pas facile de se retrouver un moment seule avec Lukas. Un soir, alors qu'elle revenait du collège, elle les avait surpris en train de s'embrasser dans le salon. Ils ne l'avaient pas entendue entrer ; elle était restée quelques instants à les regarder, bouche bée, les yeux arrondis. Lukas s'était soudain relevé du canapé, confus, tandis qu'Axelle éclatait de rire. Elle s'était approchée d'Élodie, le doigt tendu.
— Toi, tu es une petite curieuse, pas vrai ?
À son habitude, le visage d'Axelle était souriant, mais sa voix semblait contenir une menace à

peine voilée. Élodie eut la sensation que ce
« curieuse » ne s'appliquait pas seulement à ce
qu'elle venait de voir. Axelle la fixait avec une
acuité inquiétante. Élodie frissonna, bégaya
quelques mots insignifiants et courut s'enfer-
mer dans sa chambre tandis que le rire d'Axelle
résonnait de nouveau.
Quelques instants plus tard, une fois Axelle partie, Lukas entra dans la chambre de sa sœur.
— Élodie, commença-t-il, je préférerais que tu
ne parles pas aux parents de ce que tu as vu…
D'accord ?
— Ce que j'ai vu, c'est Axelle, l'autre jour… Elle
discutait avec un garde.
— Qu'est-ce que tu veux dire ?
— Rien !… simplement qu'elle avait l'air de bien
le connaître.
— C'est normal, un de ses oncles est responsable
de je ne sais plus quoi chez les gardes, elle doit
en connaître plus d'un…
« Responsable de je ne sais plus quoi… pensa
Élodie, tu me prends vraiment pour une idiote !
Je pourrais te rappeler qu'il est responsable de
l'armurerie et que les armes que tu caches dans
ta chambre viennent de là ! »
Elle se tut un instant avant de se lancer :

— On aurait dit qu'elle lui donnait des ordres, qu'elle agissait comme un chef !

Lukas sourit d'un air niais.

— Bien sûr, chère petite sœur, une étudiante de 1re année de l'Institut Technologique ne peut être qu'un officier des gardes de l'Ordre souterrain ! Un officier supérieur, même ! Tout le monde sait ça…

Il ébouriffa les cheveux d'Élodie.

— Tu as un peu trop d'imagination, je crois. Tu ferais mieux de réviser tes maths, j'ai vu la note de ton dernier contrôle, elle n'est pas jolie-jolie…

— Au lieu de t'occuper de mon travail, lui lança Élodie en repoussant sa main, tu ferais mieux de faire attention aux gens que tu fréquentes !

Lukas la regarda, interloqué.

— Qu'est-ce que ça veut dire, ça ?

— Ça veut dire ce que ça veut dire, répondit-elle butée, des larmes plein les yeux.

Lukas la prit par les épaules.

— Écoute-moi, je ne comprends rien de ce que tu racontes. Je ne te demande qu'une seule chose : ne parle pas de ce que tu as vu, ni aux parents, ni à personne d'autre… Pendant encore quelques jours, jusqu'aux examens. Promis ?

Élodie fondit en larmes.

— Je ne veux pas qu'on te fasse du mal, Lukas !

— Mais, sourit son frère, un petit baiser, ça n'a jamais fait de mal à personne…
— Tu sais très bien que ce n'est pas de ça que je parle, sanglota Élodie, il y a bien d'autres choses que le baiser !
Lukas recula vers la porte.
— Arrête de t'inventer des histoires absurdes… Je n'ai plus le temps d'écouter tes fariboles, il faut que j'aille travailler. Et n'oublie pas ce que tu m'as promis, Élodie, rajouta Lukas en refermant la porte.
— Je n'ai rien promis du tout, ronchonna Élodie entre deux hoquets.

LE PIÈGE

Suburba, 2 décembre 2096
Quartier général des gardes de l'Ordre souterrain

Le commandant principal des gardes de l'Ordre souterrain passa à toute allure sous le porche du grand immeuble de la Direction générale sans même prendre le temps de rendre son salut à la sentinelle : il était en retard et avait horreur de ça ! Il grimpa quatre à quatre les escaliers qui menaient au bureau de réunion et entra en coup de vent. Les officiers se figèrent au garde-à-vous.
— Repos, repos, gronda le commandant avec un geste d'agacement, l'heure n'est plus aux pitreries militaires.
Il jeta un coup d'œil glacé à ses subordonnés.
— Messieurs, commença-t-il. Voici notre sixième

et dernière réunion concernant l'opération Magma. Cette nuit, à 2 heures précises, tous les membres de l'Aeres qui ne seront pas morts se retrouveront sous les verrous... et iront finir leurs jours à côté des capteurs de magma...

— À moins que nous ne pataugions dans l'obscurité la plus totale, murmura un colonel, d'une voix à peine audible.

— Qu'avez-vous dit, colonel ? cingla le commandant principal.

L'officier blêmit.

— Non, je... je voulais simplement dire que cette opération n'est pas exempte de risques pour Suburba. Peut-être n'avons-nous pas assez pris en compte tous les imprévus qui pourraient se présenter...

Le commandant principal vint se poster devant lui. Il dominait le colonel de toute la tête.

— Colonel, siffla-t-il d'une voix glaciale, grâce à l'excellent travail de notre agent, chacun des points de l'opération a été vu, revu et travaillé jusque dans les moindres détails. Chacun d'entre nous sait exactement ce qu'il doit faire, où, quand et comment. Nous avons passé des heures à envisager chaque hypothèse, les ordinateurs les plus puissants de la Direction générale ont simulé

chacune des possibilités, les ont analysées et en ont calculé la probabilité de succès ou d'échec. Nous savons exactement à qui nous avons affaire, nos hommes ont répété les moindres phases de l'opération jusqu'à les connaître par cœur. Et voilà qu'au matin de l'intervention la plus importante pour la survie de Suburba depuis sa création, vous mettez en doute le parfait fonctionnement des rouages de Magma.
Blanc comme un linge, le colonel tenta d'argumenter :
— Je ne mets rien en doute, je...
— Taisez-vous, colonel. Si je ne vous connaissais pas, je vous soupçonnerais de traîtrise, mais je crois plus banalement que vous avez la trouille. Vous êtes un froussard ! Voilà le seul grain de sable capable d'enrayer la machine : votre propre peur !
Il approcha son visage de celui du colonel.
— Elle vous rend dangereux, colonel ! Pour vous, bien sûr, mais plus encore pour les autres et pour la réussite de l'opération. Bien plus dangereux que le pire des terroristes que nous avons en face de nous.
Le commandant principal se releva subitement.
— Caporal ! aboya-t-il dans un interphone.

La sentinelle qui se tenait de garde dans le couloir entra.

— Caporal, veuillez mettre le colonel aux arrêts.
— Mais, mais… bafouilla le colonel.

Le caporal hésita un instant. Le commandant claqua impatiemment des doigts. La porte se referma sur eux dans un silence absolu.

— D'autres parmi vous auraient-ils des doutes sur le succès de l'opération Magma ?

Personne ne bougea.

— Fort bien. Le lieutenant Drachet va maintenant vous présenter les hommes que je veux absolument prendre vivants au cours de l'opération.

— Les photos que vous allez voir ont été prises lors d'une réunion de l'Aeres voici trois semaines, commença Sylvie Drachet, elles sont donc récentes. Je vous demanderai de bien mémoriser ces visages car il est hors de question que ces documents sortent d'ici avant la fin de l'opération.

La jeune femme inséra un holodisque dans un lecteur dont l'écran s'alluma aussitôt. Un visage en 3D apparut.

— Voici Vladim Siméon, il est actuellement le principal d'un des plus importants collèges de Suburba. C'est dans les rangs de ses anciens élèves que l'Aeres recrute le plus facilement.

Avec les professeurs Makhine et Alban qui ont été arrêtés voici quelques années, il a été un des fondateurs de l'AERES. Il coordonnera l'ensemble des opérations terroristes depuis la pièce 014, au sous-sol de l'Institut Technologique. Attention, c'est un homme tout à fait déterminé et, malgré son allure débonnaire, il sera armé. Ce sera à vous, capitaine, ajouta-t-elle en désignant un jeune officier efflanqué, de procéder à son arrestation lorsque vous investirez l'Institut.
Sylvie Drachet présenta ainsi une dizaine de photos. À chaque fois, elle précisait le nom, la fonction et la situation précise de la personne à arrêter.
— Voici enfin Lukas Reivax. C'est le plus jeune des membres actifs de l'AERES, un type déterminé, excellent technicien et excellent tireur qui plus est. Il peut être dangereux. Son groupe est chargé de faire sauter la géopile du centre administratif de Suburba où nous nous trouvons en ce moment. Inutile de vous dire les difficultés auxquelles nous nous heurterions s'il réussissait ! Je suis censée faire partie du groupe de terroristes qu'il dirige. Je l'arrêterai personnellement. Y a-t-il encore des points de détail que vous souhaiteriez éclaircir ?
Pas un officier ne leva la main.

— Bien, je pense que tout est clair pour chacun d'entre nous, conclut le commandant principal. Je vous rappelle simplement que toute communication sur le réseau interne est interdite ce soir à partir de 22 heures 30.

Il claqua dans ses mains. Un garde apparut, portant un plateau chargé de douze verres.

— Messieurs, je vous invite à boire au succès de l'opération Magma. Nos ingénieurs agronomes ont retrouvé la formule d'une vieille et bonne boisson dont les habitants du Monde d'En Haut raffolaient : le champagne. Ceci est la première cuvée tirée des plants de vignes qui poussent dans les serres de Suburba. Vous m'en direz des nouvelles…

Sylvie Drachet trempa à peine ses lèvres dans la flûte et faillit recracher. Ce liquide jaunâtre et bourré de petites bulles était imbuvable. Décidément, il n'y avait pas grand-chose de bon à tirer du Monde d'En Haut !

12

PANIQUE AU POSTE 15

*Suburba, 2 décembre 2096,
23 heures, quartiers Est*

Élodie avait passé son jogging le plus sombre et des chaussures de sport. Allongée sur son lit, elle guettait les moindres bruits en provenance de la chambre de son frère. Depuis leur dernière conversation, Lukas se méfiait : il ne parlait plus qu'à mots couverts avec Axelle et évitait de se retrouver seul avec sa sœur. Mais à certains signes imperceptibles, Élodie devinait que quelque chose de grave se préparait. Elle en était certaine. Lukas s'absentait de plus en plus souvent de la maison. C'était tantôt pour aller en bibliothèque, tantôt pour réviser ses examens avec des amis, mais Élodie n'était pas dupe, depuis quelques jours, le naturel de son frère était presque trop

parfait. Derrière la façade du petit étudiant uniquement soucieux de ses études, d'autres soucis, autrement plus importants, se profilaient.
Ce soir, Lukas avait dîné en compagnie des parents comme si de rien n'était. Ils avaient parlé de choses et d'autres, mais Élodie avait senti une terrible inquiétude s'emparer d'elle. Il y avait un je-ne-sais-quoi, dans l'attitude de Lukas, qui dénotait par rapport à ses habitudes, peut-être cette façon de regarder sans arrêt sa montre, ou de jeter des coups d'œil furtifs au-dehors... Lorsqu'il avait annoncé qu'il avait encore du travail, elle avait collé son oreille à la cloison et, malgré toutes les précautions qu'il prenait, elle avait entendu le cliquetis des armes qu'il vérifiait une dernière fois.

Un glissement furtif fit soudain sursauter Élodie. Elle se frotta les yeux. Comment avait-elle pu s'assoupir un soir pareil ? Avec des gestes gourds, elle se traîna à la fenêtre, juste à temps pour apercevoir les silhouettes d'Axelle et de son frère disparaître dans la demi-obscurité blafarde de Suburba.
— Carabistouille et crotte de gargouille ! jura-t-elle en enjambant à son tour le rebord de la fenêtre.
Elle parvint à les rattraper, puis se maintint à une

distance prudente du couple alors qu'il s'enfonçait dans le dédale obscur des ruelles et des galeries de Suburba. Le ventre noué de peur, Élodie calquait ses gestes sur ceux des deux jeunes gens, profitant de chaque zone d'ombre et des moindres renfoncements pour se dissimuler. L'éclat bleuté d'un gyrophare perça soudain la nuit, Axelle et Lukas se figèrent aussitôt tandis qu'Élodie, les yeux fermés, bloquait sa respiration. Le microcar patrouillait, fouillant l'obscurité de ses projecteurs. Il passa lentement devant eux, les frôlant un instant de son faisceau lumineux avant de tourner dans une ruelle et de disparaître. Encore sur le qui-vive, Élodie attendit un moment avant de reprendre sa filature. Il lui sembla qu'ils marchaient depuis des heures lorsque les deux jeunes gens s'arrêtèrent enfin devant le Centre Administratif ; ils se terrèrent dans un renfoncement en face d'un des énormes piliers de pierre qui soutenaient les voûtes de la ville.
Cachée à quelques mètres d'eux, Élodie pouvait apercevoir en plissant les yeux une minuscule porte métallique, creusée dans l'épaisseur de la roche volcanique. Rien ne la signalait particulièrement aux passants si ce n'est un petit panneau terne et sale scellé sur le côté :

Secteur administratif central
POSTE N° 15
GÉOPILE PRINCIPALE
Accès interdit à toute personne étrangère au service
DANGER DE MORT

Insérée dans la masse même de la roche, la plus énorme géopile de Suburba transformait le magma capté quelques centaines de mètres plus bas en énergie.

Il était 1 heure 30 du matin lorsque Élodie aperçut sur sa droite une légère lueur dans un bâtiment tout proche. En quelques secondes, la lueur grossit, enfla, prit de l'ampleur. Des ombres fantasques se profilèrent sur les murs. Bientôt, les flammes léchèrent les fenêtres du bâtiment tandis que d'autres lueurs apparaissaient dans les étages supérieurs.

— Un incendie, murmura Élodie avec terreur.

Chacun des habitants de Suburba avait encore en mémoire l'incendie qui avait ravagé plusieurs secteurs de la cité le 6 novembre 2054, et ceux qui n'étaient pas nés à l'époque gardaient un souvenir effaré de ce que leurs parents en racontaient. L'incendie s'était déclaré dans le 20ᵉ secteur Ouest, dans des entrepôts de plastique. En quelques minutes, le feu avait gagné les immeubles environnants, dégageant une épaisse fumée aussi nauséabonde que toxique. Une heure après l'alerte, les secteurs Ouest 18 et 19 ainsi que les secteurs Sud 1 et 2 étaient en flammes. Malgré l'ouverture de toutes les vannes d'évacuation, les fumées avaient stagné sous les voûtes de Suburba, intoxiquant des centaines de personnes, en tuant des dizaines. À la suite de cette catastrophe, le gouverneur avait édicté des règlements d'une sévérité sans précédent sur l'ignifugation des matériaux employés à Suburba et d'énormes ventilateurs supplémentaires avaient été fixés aux voûtes, surplombant chaque secteur de la ville. Ils se mettaient en marche dès que les capteurs auxquels ils étaient reliés détectaient une surchauffe anormale.

En quelques secondes, un grondement sourd et grave, presque insupportable, envahit l'espace : les pales géantes des ventilateurs brassaient l'air de la cité au-dessus du secteur de la géopile principale pour l'évacuer vers le Monde d'En Haut. Les flammes léchaient les derniers étages du bâtiment, illuminant d'une sinistre lueur orangée tout un pan du Centre Administratif. Le crépitement de l'incendie s'ajoutait au grondement des ventilateurs pour entretenir un vacarme assourdissant.

Lorsque la première sirène d'alerte hulula dans la nuit de Suburba, l'immeuble entier était déjà la proie du feu. Toute la section des gardes sortit en courant du local de la géopile, s'acharnant autour des pompes à eau les plus proches pour les diriger à la base des flammes.

En quelques minutes, les pompiers investirent toutes les rues environnantes, les éclats violets des gyrophares balayaient les murs, transperçant la violence des lumières rouges de l'incendie. Des hommes couraient de toutes parts, hurlaient des ordres, braquaient sur les flammes d'énormes tuyaux qui déversaient des milliers de litres d'eau à la minute. Malgré l'importance des moyens mis en œuvre, l'incendie semblait gagner l'immeuble voisin.

Terrifiée par la violence des flammes, Élodie s'était dressée hors de sa cachette, mais dans la panique générale, personne ne sembla prendre garde à la présence incongrue de cette fillette en pleine nuit.

Le téléphone résonna dans le PC[1] du commandant principal des gardes. Il décrocha immédiatement.

---

1. Poste de commandement.

— La phase 1 de l'action des terroristes est en route, énonça laconiquement une voix d'homme. Comme prévu, l'immeuble à proximité du poste 15 est en flammes. Ils s'apprêtent à démarrer la phase 2. Dès que le lieutenant Drachet sera entré dans le poste avec les terroristes, je lance la contre-offensive.
Un sourire fugace éclaira le visage creusé du commandant principal.
— Vous avez mon feu vert, murmura-t-il.
Il se tourna vers son aide de camp.
— Ces petits imbéciles s'imaginent être les maîtres du jeu... Ils courent tout droit dans la gueule du loup !
Lui qui ne transpirait jamais s'épongea le front. Il but une gorgée de champagne qu'il recracha aussitôt à même le sol.
— Dégueulasse ! siffla-t-il.

Lorsque Élodie abaissa son regard vers la porte d'accès à la géopile, elle réalisa enfin ce qui se passait. Profitant de la panique, des silhouettes noires se glissaient furtivement le long des murs pour investir la géopile tandis que les gardes chargés de la surveillance combattaient de leur mieux l'incendie. La stature de Lukas se détacha soudain sur

les flammes, à quelques mètres d'elle : suivi d'Axelle, il fonçait vers son objectif.

Au milieu de toute cette agitation, quelque chose attira soudain l'attention d'Élodie vers le Centre Administratif. En retrait de l'immeuble, une compagnie de gardes armés et casqués venait d'apparaître. Ils avançaient vers le poste n° 15 en rangs serrés, leurs visières argentées rabattues sur les yeux, leurs armes braquées à distance sur la porte par laquelle Lukas venait de s'engouffrer.

En un éclair, Élodie comprit que le piège allait se refermer sur son frère et ses amis. Le cœur battant, les jambes flageolantes, elle se précipita vers l'entrée du poste.

— Qu'est-ce que tu fais là, toi ? lança rudement un des membres de l'AERES en faction à côté de l'entrée et qui l'agrippa par l'épaule.

— Mon frère, hoqueta Élodie, mon frère… C'est un piège, ils arrivent, les gardes sont là ! Vite ! Il faut fuir.

— Qu'est-ce que tu racontes ? articula le bonhomme en relevant son arme.

— Dehors, regardez !

Le type passa prudemment le museau à l'extérieur.

— Oh, bon Dieu ! jura-t-il.

La compagnie de gardes n'était plus qu'à une

centaine de mètres, le canon de leurs armes scintillant dans l'éclat des flammes de l'incendie.
— File, toi ! Échappe-toi tant qu'il en est encore temps, lança le bonhomme en poussant Élodie vers la sortie.
— Foutez-moi la paix, glapit-elle, je dois prévenir mon frère.
— Je m'en occupe, tête de mule, hurla le type exaspéré. Ce n'est pas le moment de discuter.
Élodie lui enfonça toutes ses dents dans le gras de la main. Il la lâcha en poussant un hurlement. Elle dévala quatre à quatre les escaliers qui descendaient vers la géopile. Agenouillé à côté de l'appareil, son frère sectionnait des câbles et en connectait d'autres pour fixer de minuscules détonateurs le long de chaque diffuseur d'énergie.
— Lukas ! hurla Élodie.
Il releva la tête, ainsi que ses compagnons occupés à saboter la géopile. Axelle Morant réprima un sursaut. Lukas resta un moment muet de stupeur. Élodie ne lui laissa pas le temps d'articuler un mot.
— Il faut fuir, vite ! Vite ! cria-t-elle. Les gardes sont là-haut. C'est un piège.
Les hommes se regardèrent, interloqués. Les premiers coups de feu éclatèrent soudain en haut de l'escalier.

Un type déboula, l'épaule ensanglantée, dans le local où ronronnait la géopile.

— Lukas, gueula-t-il, on a été trahis ! Ils font un carnage là-haut, ils tirent sur tout ce qui bouge.

Lukas se releva, très pâle.

— La sortie de secours, fit-il en désignant une petite porte dissimulée dans l'ombre, c'est par là qu'on s'en sortira. Foncez ! Je finis et je vous rejoins.

— Viens avec nous, lui jeta un type en l'accrochant par son vêtement, ils vont tous nous descendre !

— Si j'arrive à saboter la géopile, c'est gagné pour nous. J'ai besoin de deux minutes. Pas une seconde de plus, je dois y arriver. Toi, fit-il à Élodie, file, vite ! Par là ! Emmenez-la.

— Non ! rugit Élodie.

Lukas fit un geste vers deux hommes qui empoignèrent la fillette par les bras. Elle se débattait, les mordait, griffait, lançait des coups de pied dans tous les sens.

Les coups de feu se rapprochèrent. Un des hommes de l'AERES s'écroula, les mains refermées sur son ventre qui se teinta subitement de rouge.

Élodie hurla de terreur.

— Vite, vite, murmura Lukas au comble de l'exaspération. Axelle, retiens-les ! Quelques secondes !

Le casque argenté d'un garde apparut dans l'encadrement de la porte. Un des hommes qui tentaient d'entraîner Élodie par la sortie de secours dégaina une arme. Le garde s'affaissa dans un gémissement de douleur. Dans l'ombre, Axelle Morant regarda sa montre-chronomètre.

— Ça y est, rugit Lukas, on se tire ! Dans trente secondes, ça va péter !

— Non, Lukas, c'est trop tard !

La voix d'Axelle venait de claquer comme un coup de fouet : elle dirigeait une arme vers Lukas. Pendant un quart de seconde, ils se mesurèrent du regard.

— Lieutenant Sylvie Drachet, énonça-t-elle calmement, du quartier général des gardes de l'Ordre souterrain. Débranche ta saloperie ou je tire.

— Pas question, siffla Lukas entre les dents.

Axelle leva son arme sur lui.

— Il ne reste que vingt secondes, Lukas…

— Noooon ! hurla Élodie en se dégageant des mains du type qui la retenait.

Elle se précipita sur Axelle pour la déséquilibrer. Le coup de feu partit en l'air. Un éclair zébra le petit local, le ronronnement de la géopile cessa brusquement.

13

UNE LUEUR AU BOUT DU TUNNEL

Des voix crièrent des ordres contradictoires, plusieurs coups de feu éclatèrent aux oreilles d'Élodie tétanisée. Un corps s'écroula tout à côté d'elle. Une fumée âcre envahit la petite pièce plongée dans l'obscurité.
— Lukas ! Lukas ! appela-t-elle.
Une poigne enserra le bras d'Élodie. Complètement choquée, elle se laissa entraîner sans résistance. Quelque part, loin devant elle, une maigre lueur scintillait au milieu d'un brouillard pestilentiel, de plus en plus étouffant.
— Cours ! lui cria-t-on. Tout droit, vers la lampe !
— Mais je ne vois rien, balbutia-t-elle.
— Cours ! Bon sang !
Elle sentit une légère claque lui effleurer la joue, une main puissante la propulsa dans l'obscurité.

— Cours ! vite ! droit devant toi ! hurla encore la voix.

Élodie s'enfonça dans le noir le plus profond, la tête vide. Un seul mot résonnait en elle : Lukas. Le souffle court, elle progressait à tâtons, s'écorchant les mains aux parois rocheuses. Le souterrain montait rudement ; parfois, Élodie butait contre des volées de marches taillées à même la roche. À deux ou trois reprises, elle tomba en avant, ses genoux heurtèrent des graviers pointus, irradiant une douleur presque insoutenable dans toute sa cuisse.

Une déflagration ébranla soudain l'atmosphère du boyau dans lequel elle progressait difficilement. Quelques pierres se détachèrent de la voûte et crépitèrent violemment autour d'elle. Une arête aiguë lui heurta la pommette en un éclair de douleur. Élodie porta la main à son visage, ses doigts rencontrèrent son sang, chaud et poisseux. Le souffle d'une explosion la jeta à terre tandis qu'un air brûlant s'engouffrait dans l'étroit tunnel et la desséchait jusqu'au plus profond du corps. Des bruits terrifiants résonnaient derrière elle. Des éclairs rouge feu se profilèrent tout au fond. Elle ferma les yeux. Sa gorge brûlait de sécheresse. Elle allait mourir, c'était certain.

Lorsqu'elle rouvrit les paupières, bien au-dessus d'elle, très haut, une petite lampe brillait au creux de l'obscurité.

Elle s'obligea à se relever et reprit sa progression dans la galerie souterraine. Il lui semblait que la petite lueur se trouvait à des kilomètres. Les yeux brouillés de larmes, épuisée, Élodie avançait mécaniquement, ses jambes marchaient seules, raclant le sol caillouteux à chaque pas. Bientôt, la galerie se rétrécit jusqu'à n'être plus qu'un étroit boyau qui grimpait dans l'obscurité à n'en plus finir. Élodie progressait difficilement à quatre pattes, les muscles noués de terreur.

Lorsque enfin elle atteignit la lampe, elle contempla avec étonnement l'étrange objet qu'elle avait sous les yeux. Une sorte de mèche brûlait avec une flamme jaunâtre, abritée derrière un cylindre de verre. En dessous, un petit récipient métallique devait contenir le liquide qui brûlait. Elle s'était attendue à trouver quelqu'un tout à côté, mais le souterrain était totalement désert. Elle se laissa glisser par terre, trop exténuée pour penser à pleurer.

Elle remarqua à peine qu'un léger souffle d'air caressait les parois de la galerie. Un air qu'elle ne connaissait pas, froid, vaguement parfumé d'odeurs inconnues, mais pas désagréables. Elle sombra dans le sommeil.

On s'approchait d'elle. Comme dans un rêve, elle entendit une voix grommeler :

— Bon sang de bonsoir, une gamine maintenant…

Des mains chaudes, rugueuses, passèrent sous son corps et la soulevèrent. De curieuses choses chatouillèrent brièvement son visage.

Elle aurait voulu ouvrir les yeux, voir ce qui se passait, essayer de comprendre. Mais elle était vraiment trop fatiguée. Elle sentit qu'on la transportait…

Un souffle d'air glacial la fit soudain frissonner, elle se blottit au creux des bras qui la serraient.

14

SALADES ET CORNICHONS

3 décembre 2096

Sur sa joue, un contact chaud, humide, légèrement gluant… Élodie ouvrit un œil, poussa un cri strident et se réfugia au fond du lit, dans un angle du mur.
— Qu'est-ce que c'est que ça ? cria-t-elle.
— Un chien… et c'est très gentil, répondit une voix grave. Il te léchait pour te dire bonjour.
Un homme se tenait dans l'embrasure de la porte. Enfin… elle supposa que c'était un homme, car elle n'en avait encore jamais vu de pareils : un type gigantesque, presque un géant, avec un ventre proéminent compressé par une large ceinture, et un visage recouvert d'une barbe grise, épaisse, touffue, d'où n'émergeaient que deux yeux marron et un gros nez.

L'homme s'approcha d'Élodie, il lui tendit la main et elle devina qu'un sourire se dessinait sous les poils de sa moustache.

— Salut, gamine, bienvenue en haut. Moi, c'est Pasteur et elle, fit-il en désignant le chien, c'est Mirabelle.

Éberluée, Élodie laissa Pasteur prendre sa main dans sa grosse pogne pour la secouer vigoureusement.

— Qu'est-ce que vous avez dit ? demanda-t-elle en chevrotant.

— J'ai dit : « Salut gamine, bienvenue en haut... »

— Vous voulez dire que je suis dans le Monde d'En Haut ?

— On ne peut pas faire plus haut...

Élodie laissa son regard errer sur les drôles d'objets qui l'entouraient. Des trucs, des bidules et des machins indescriptibles qu'elle avait déjà eu l'occasion de voir lorsqu'elle avait visité le musée du XXe siècle l'année dernière, avec sa maîtresse. Rien que son lit était une véritable antiquité : il était fait d'une matière tiède et dure, aux couleurs chaudes. Élodie croyait se rappeler qu'on appelait ça du « bois »... Un frisson la parcourut soudain. Elle se tourna vers Pasteur.

— Et Lukas, et ses amis, où sont-ils ?

— Je n'en ai pas la moindre idée, petite. Je me baladais vers les carrières tôt ce matin, quand j'ai entendu un ramdam infernal qui provenait des vieilles galeries. Je savais qu'il y avait là des gaines de ventilation pour ceux d'en dessous, et puis j'ai déjà rencontré deux ou trois types venus voir comment ça se passait chez nous, alors à tout hasard, j'ai mis une lampe pour guider ceux qui auraient l'idée de pousser jusque-là et je suis parti à la pêche. Quand je suis repassé, tu étais étendue à côté de la lampe, complètement épuisée.
Les yeux d'Élodie s'embuèrent, elle éclata en sanglots.
— Bon Dieu de bon Dieu, grommela Pasteur en s'approchant, voilà qu'elle pleure, maintenant.
Il l'attira contre lui en se demandant ce qu'il allait bien pouvoir faire de cette gamine qui venait de sortir de terre comme une taupe dans son potager.
— Qui c'est, Lukas ? demanda-t-il d'une voix plus rude qu'il ne l'aurait voulue.
— Mon frère, hoqueta Élodie, il veut venir vivre dans le Monde d'En Haut, mais c'est interdit.
D'une voix entrecoupée de sanglots et de reniflements, Élodie tenta d'expliquer à Pasteur ce qui s'était passé à Suburba au cours de la nuit.

— Ben, dis donc, conclut Pasteur, c'est pas simple, vos salades de par en dessous.
— Nos salades ? remarqua Élodie en ouvrant de grands yeux, mais je n'ai pas parlé de salades !
— C'est une façon de parler, ça veut dire « des histoires embrouillées »...
— Vous allez me ramener chez moi, dans le Monde d'En Bas ?
Pasteur se gratta la barbe dans tous les sens jusqu'à ressembler à un hérisson. Bon sang ! descendre dans leur trou à rats ne lui disait rien du tout ! Il n'avait pas peur de grand-chose, mais là ! Deux ou trois fois, il s'était retrouvé nez à nez avec quelques-uns des lascars d'En Bas. Des types peu engageants : armés, casqués, bottés, habillés comme des cosmonautes et bardés d'instruments de mesure. Il préférait ne pas aller au-devant de ce genre de rencontre.
Et puis maintenant, cette gamine...
— Alors, vous allez me ramener chez moi ? insista Élodie.
— Bon d'abord, tu vas me faire le plaisir de me tutoyer, d'accord ? Et puis tu vas me dire ton nom.
— Vous voulez que je te tutoie ?
— Oui, c'est ça, sourit Pasteur.

— Moi, c'est Élodie... et pour me ramener chez moi ?

— Pfff... Écoute-moi. Regarde comment t'es : toute pâlotte, avec un gnon sur la pommette, quand je t'ai récupérée, tu ne tenais plus debout, alors voilà ce que je te propose. Tu restes trois ou quatre jours avec moi, à voir comment ça se passe ici, et puis... et puis je te ramène chez toi, tu leur raconteras ce que tu as vécu dans le « Monde d'En Haut ». Ça te va ?

— Et Lukas, et mes parents ? demanda d'une petite voix Élodie qui sentait à nouveau ses yeux se gonfler de larmes.

— Je ne peux rien te dire de plus, ma cocotte, soupira Pasteur en écartant les bras. Même avec la meilleure volonté du monde, on ne pourrait pas partir tout de suite à leur recherche. Je ne suis plus tout jeune, et une expédition en bas, ça ne s'improvise pas. Ces espèces de troufions avec leurs casques argentés vont nous descendre comme des lapins si on ne prend pas quelques précautions et si on n'est pas plus rusés qu'eux.

— Tu veux parler des gardes de l'Ordre souterrain ?... Ce sont de vraies brutes.

— Justement, il faut qu'on prépare bien notre coup, sinon, ces cornichons nous feront la peau.

— Ces quoi ?
— Ces cornichons. Tu ne connais pas ? Je t'en ferai goûter.
— Parce que tu manges des gardes, toi ?
Pasteur se prit la tête à deux mains.
— Oh là là... Je sens que ça ne va pas être simple ! Cornichon, c'est un mot comme les « salades » tout à l'heure : normalement, c'est un petit légume, mais ça peut aussi vouloir dire « imbécile ».
— Eh bien, elle n'est pas facile, votre façon de parler, dans le Monde d'En Haut !
— Viens, fit Pasteur en prenant la main d'Élodie, je vais te montrer tout ça dans mon potager.

15

AU GRAND JOUR

— Carabistouille ! Tu n'as qu'un seul photo-clare, mais c'est le plus gros que j'aie jamais vu !
Debout sur le seuil de la maison, Élodie clignait des yeux, la main en visière au-dessus des sourcils. Elle tentait de fixer cette gigantesque boule de lumière perchée tout en haut de ce que Pasteur appelait « ciel ».
— Oui, approuva Pasteur, seulement ici, on ne dit pas « photoclare » mais « soleil »... C'est le même qui fonctionne depuis des millions d'années, et jamais une seule panne !
Elle haussa les épaules.
— Qu'est-ce que t'en sais ?
— Rien, admit Pasteur en hochant la tête, mais enfin, ça marche très bien et, jusqu'à présent, je n'ai pas eu à m'en plaindre.

— J'ai déjà vu ton soleil, fit Élodie songeuse, sur une vieille photo de mon grand-père, et…
Élodie s'arrêta en plein milieu de sa phrase, éberluée, la bouche ouverte de surprise.

— Et c'est quoi, ces énormes machins pointus tout autour ? demanda-t-elle en accompagnant sa phrase d'un geste qui englobait l'horizon.

— C'est beau, hein ? Ce sont des montagnes.

— Des montagnes… répéta Élodie songeuse. Je crois bien que je n'en ai jamais vu…

— Pour sûr que ce n'est pas au fond de ton trou à rats que tu en trouveras, rigola Pasteur.

— Et on peut monter dessus ?

— Quand j'étais jeune, j'adorais ça. Tu vois celle-ci, juste devant… Avec les trois pointes. Ce sont les aiguilles d'Arve. Eh bien un jour, je devais avoir une trentaine d'années, j'ai fait les trois dans la même journée ! Mais maintenant, je ne suis plus bon que pour la montagne à vaches.

— C'est quoi, « avache » ?

— Laisse tomber ! soupira Pasteur. Je t'en montrerai à l'occasion…

Ils traversèrent le village. À l'exception de la bicoque de Pasteur, toutes les maisons étaient en ruine, les charpentes gisaient à même le sol, à moitié recouvertes de tuiles cassées, rongées par le lierre qui envahissait le moindre espace libre. Des arbres poussaient au milieu des carrelages défoncés, les volets pendaient lamentablement le long des façades fissurées. Les herbes avaient recouvert le bitume des anciennes rues le long desquelles de vagues carcasses de voitures achevaient de rouiller.

— Dis donc, il y a eu la guerre ici ? J'ai vu des holofiches comme ça, avec des maisons toutes déglinguées, sur l'écran du prof d'histoire.

— Non, ce n'est pas la guerre, c'est le temps. Voilà près de soixante-dix ans que plus personne n'entretient les maisons ni les jardins. Depuis 2028 exactement, à l'époque de ce qu'on a appelé la Colonisation du Monde Souterrain. Les survivants des Grandes Pollutions sont partis se terrer dans leur trou en abandonnant tout, ils ne sont qu'une poignée à avoir refusé.

— Tu as refusé, toi ?

— Oh, moi, je n'étais qu'un gosse, j'avais à peine sept ans à l'époque. Ce sont mes parents qui ont refusé. Mais je me souviens bien des derniers jours de la colonisation. Au début, tout s'est bien passé, les familles avaient des numéros d'ordre, elles descendaient calmement vers le Monde d'En Bas. On savait que la colonisation demanderait de longs mois et chacun prenait son mal en patience. Mais en 2028, en avril, je crois, le réacteur géant d'Ousk-Kaménogorsk, au Kazakhstan, s'est fissuré et des tonnes de produits radioactifs se sont répandus dans l'atmosphère, déclenchant une gigantesque panique. Tous ceux qui n'étaient pas encore descendus se sont précipités vers les portes d'accès au Monde d'En Bas dans une cohue indescriptible. Les gens étaient comme fous, s'injuriant, se battant pour passer les premiers, piétinant les plus faibles pour gagner quelques mètres… L'armée est intervenue brutalement et la répression a été sanglante. Lorsque, après plusieurs jours d'émeute, l'ordre est enfin revenu, les colons s'étaient résignés à leur sort. La file s'étendait sur des kilomètres. Ils avançaient au pas, emportant avec eux le strict minimum, quelques vêtements, quelques objets de valeur, un peu d'argent. Ils étaient étrangement silencieux, beaucoup regardaient le ciel en se disant qu'ils le voyaient sans doute pour la dernière fois, et qu'après eux ce serait fini pour des siècles et des siècles. Avec mon père, on se tenait en retrait, à les regarder s'enfoncer lentement sous terre. Dans la foule, des gens nous criaient : « Ne restez pas là ! Vous allez en crever ! Venez ! — Je préfère mourir avec le soleil dans les yeux que de m'enterrer vivant », répondait mon père.

— Tu n'avais pas peur de mourir ? demanda Élodie.
— J'étais trop petit pour me rendre compte du danger, je faisais ce que disaient mes parents sans me poser de question.
— Mais plus tard ?
— Non. Jamais l'idée ne m'est venue d'aller m'enterrer dans votre Suburba... Et puis de toute manière, il était trop tard. Lorsque les derniers colons sont descendus, ils ont refermé les énormes portes et les ont soudées avec tellement de soin que le métal en fusion dégoulinait par les fissures. Il ne restait à l'extérieur qu'une vingtaine de familles. Chacun est retourné chez soi. Dans le village où habitaient mes parents, il n'y avait plus que deux familles. Voilà...
— Et après ?
— Après... Eh bien, on a essayé de continuer à vivre dans un monde désert. Peu à peu, on a appris à s'organiser. Dans tous les pays du globe, les gens s'étaient enterrés comme des taupes. Nous n'étions plus qu'une poignée d'humains à la surface de la Terre. C'est sans doute ce qui nous a sauvés : en quelques jours, les villes sont devenues désertes, les usines se sont arrêtées, la circulation a cessé... Au début, je me souviens, on allait encore se voir d'une ville à l'autre avec des voitures, puis, lors-

qu'on n'a plus trouvé d'essence, les voitures ont commencé à rouiller sur place et chacun est resté chez soi. Peu à peu, les pluies ont rabattu les cochonneries dans les vallées... Mais on faisait quand même très attention, partout où on allait, on emportait des compteurs Geiger pour mesurer la radioactivité. Très vite on a compris qu'il y avait des zones où toutes ces saloperies s'étaient concentrées et qu'il fallait les éviter. Tu sais, il y a encore des endroits où je ne mets jamais les pieds.
— Ça ne devait pas être très marrant.
— Question d'habitude... Et puis j'ai mon copain Gallion qui n'habite pas très loin d'ici.
Pasteur marqua un temps d'arrêt.
— Avant aussi, il y avait Françoise... Plus de quarante ans qu'on a vécu ensemble... Ses parents avaient fait le même choix que les miens.
— Elle est où, Françoise ? demanda Élodie en se grattant la tête.
— Elle est morte, il y a quatre ans.
— Excuse-moi, fit Élodie. Je suis trop curieuse. Et tes enfants ?...
Pasteur secoua la tête sans répondre.
— Bon, soupira Élodie, j'ai encore dit une bêtise. Promis, juré ! Je ne dis plus un mot.
— Surtout pas, gamine, murmura Pasteur, tu sais,

ici, on n'entend pas souvent d'enfants. Alors ne te gêne pas pour moi, ce ne sont pas les voisins qui viendront se plaindre. Tiens, voilà ce que je voulais te montrer : mon potager.

Les planches de poireaux et de salades d'hiver s'alignaient impeccablement, entourées de minuscules bordures de buis. Élodie se pencha et, d'un air dégoûté, effleura la terre du bout des doigts.

— Beurk ! C'est quoi, cette cochonnerie noire ?

Pasteur rigola.

— Mais c'est de la terre, ça, bon sang !

— Pourquoi elle est sale ?

— Elle n'est pas sale, crénom de nom ! Elle est comme ça, c'est sa couleur naturelle. Pour les plantes, on n'a encore jamais trouvé mieux.

— Je veux bien, moi, fit Élodie avec une moue dubitative, mais à Suburba, dans les serres, les plantes poussent plus proprement qu'ici.

— Ouais, eh bien, à Suburba, c'est peut-être comme ça, mais ici, c'est autrement et si ça ne te plaît pas, c'est la même chose.

— Ne te fâche pas, Pasteur, mais je...

Mirabelle aboya soudain quelques coups brefs avant de retrousser les babines en grondant.

— Bon sang ! lança Pasteur à mi-voix. Jamais elle n'aboie. Viens vite !

Avant qu'Élodie ait pu faire un mouvement, Pasteur l'entraîna à l'abri d'une maison en ruine qui bordait le chemin. Ils enjambèrent des poutres rongées d'humidité, se faufilèrent entre des cloisons branlantes et se postèrent dans l'encoignure d'une fenêtre descellée depuis des années.
— Qu'est-ce qui se passe ? souffla-t-elle.
— Sais pas, répondit Pasteur, mais c'est pas naturel, cette histoire-là. Regarde-la.
La chienne les avait suivis et retroussait toujours les babines sur ses crocs en grondant sourdement. Pasteur et Élodie restèrent un moment sans un mot, aux aguets. Un bruit de pas perça le silence, bientôt relayé par d'autres. Des gens venaient vers eux sans chercher à se cacher, laissant les branches craquer sous leurs pieds. Les bruits se rapprochaient. Quelques secondes passèrent. Soudain, Élodie retint une exclamation.
— Là, chuchota-t-elle en indiquant une direction.
— Qu'est-ce qu'ils font là, ces énergumènes ? gronda Pasteur en donnant une tape à Mirabelle pour la faire taire.
— Des gardes de l'Ordre souterrain ! fit Élodie toute pâle.
Une vingtaine d'hommes vêtus de combinaisons antipollution avançaient vers eux, l'arme au poing.

16

La traque

Ils firent halte à quelques mètres de la cachette d'Élodie et Pasteur. Les épaisses combinaisons antipollution donnaient aux gardes une allure terrifiante, à peine humaine.
— Que dit le contrôleur de pollution ? nasilla une voix déformée par le masque respiratoire.
Un garde sortit d'une sacoche un instrument qu'il orienta successivement dans diverses directions.
— Dioxyde d'azote, 43 microgrammes par mètre cube, énonça-t-il lentement, dioxyde de soufre, 58 microgrammes, pas de traces de plomb…
— Et la radioactivité ? cancana de nouveau la voix.
— On est largement dans les normes, mon lieutenant.
— C'est bon, reprit la voix, on retire les casques, mais on garde les combinaisons.

Le garde retira son casque d'un geste vif. Une masse de cheveux bruns se répandit sur ses épaules.

Élodie se plaqua la main sur la bouche pour ne pas crier.

— Pasteur ! chuchota-t-elle au vieil homme en lui prenant la main. Je la connais, c'est Axelle, la copine de mon frère !

— Eh bien... il a de belles relations, ton frère. Et qu'est-ce que...

— On débute les recherches ici par groupes de deux, ordonna le lieutenant Drachet. Ils sont cinq à s'être échappés et n'ont que très peu d'avance sur nous, le commandant principal exige que nous les ramenions vivants. Attention à Vladim Siméon et Lukas Reivax, ce sont les plus dangereux.

— Et la gamine ? fit une voix.

— Si vous mettez la main dessus, vous me la gardez au chaud, j'ai deux mots à lui dire, mais ça m'étonnerait qu'elle ait pu échapper à la coulée de magma dans le conduit d'aération...

— C'est toi, la gamine ? s'inquiéta Pasteur.

— Oui, j'en ai bien l'impression, et Lukas c'est mon frère... Si elle en parle comme ça, c'est qu'il est vivant !

— Mais je croyais que la brunette était sa copine... Elle n'a pas l'air de l'apprécier beaucoup !

— Oui... enfin, non ! Écoute, c'est très compliqué à expliquer...
— Et puis surtout, ce n'est pas le moment ! Ces guignols vont rappliquer par ici. Viens, on file !
Les gardes entreprenaient déjà leur recherche méthodique dans les décombres du village. Chaque maison était systématiquement fouillée à l'aide de détecteurs thermiques qui permettent de repérer un corps simplement par la chaleur qu'il émet.

Courbés en deux, Pasteur et Élodie tentaient d'échapper aux recherches, se faufilant derrière les murs écroulés, enjambant les amas de poutres et de ferraille enchevêtrées. Mirabelle les précédait, la truffe au ras du sol, la queue entre les pattes. Derrière eux, ils entendaient les pas lourds des gardes qui les talonnaient.

— Vite ! vite ! soufflait Élodie à Pasteur.

Mais le vieil homme haletait, de plus en plus essoufflé par le rythme effréné de leur fuite. Il se laissa tomber sur un gros moellon, très pâle, le visage couvert de sueur.

— Oh, bon Dieu ! Ce n'est plus de mon âge, ces bêtises ! Je n'en peux plus ! souffla-t-il. File, toi ! Ne t'occupe pas de moi, c'est après toi qu'ils en ont. J'en fais mon affaire.

— Pas question de te laisser entre leurs sales pattes, gronda Élodie.

— File, je te dis, murmura Pasteur avec un grand geste de la main.

Il heurta une tuile en équilibre instable qui dégringola sur les pierres dans un vacarme épouvantable. Les deux fuyards se figèrent en même temps que leurs poursuivants.

— Ça vient de là, lança à mi-voix l'un des gardes, tout proche.

— Doucement, reprit en sourdine la voix du lieutenant Drachet, ils sont sans doute armés.

Terré derrière un pan de mur éboulé, Pasteur serrait contre lui la fillette qui tremblait de tous ses membres.

— Écoute-moi, lui chuchota-t-il à l'oreille d'une voix à peine audible, tu vas filer par ce soupirail, là, juste à côté, et tu continueras droit devant toi. C'est la plus grande cave du coin, au fond, il y a une sorte de couloir, tu le prendras. Tu ressortiras une centaine de mètres plus loin, à flanc de montagne... Détale ! Je me charge de les retenir.
Élodie secoua la tête en claquant des dents.
— Crénom, s'agaça Pasteur, je crois bien que je vais t'en coller une...
Un craquement tout proche l'arrêta net dans sa phrase. L'ombre silencieuse d'un garde se profilait sur le sol.
— Mirabelle ! lança silencieusement Pasteur à l'adresse de son chien.
L'animal regarda son maître l'espace d'une seconde avant de trottiner en direction du garde. Il déboucha subitement entre ses jambes au moment où celui-ci allait découvrir leur cache.
— Qu'est-ce que c'est que ça ? cria l'homme, surpris.
Mirabelle se faufila entre les pierres, réapparut dix mètres plus loin sous le nez d'un autre garde, fit un crochet pour éviter une main qui voulait la prendre par le collier et fonça vers le bas du village. Le « pop » du fusil à compression s'enten-

dit à peine. La chienne parut décoller du sol et s'affaissa lourdement en gémissant.

Pasteur empoigna soudain Élodie par le col et la projeta littéralement par le soupirail avant de se redresser de toute sa taille de géant.

— Ma chienne ! hurla-t-il en faisant tournoyer son bâton. Bande de salauds ! Ma chienne ! si elle est morte, je vous garantis que vous allez vous en souvenir.

Et il balança son bâton de toutes ses forces contre un garde qui l'approchait. L'autre s'écroula dans un soupir.

— Attrapez-moi cet énergumène ! ordonna Sylvie Drachet.

Pasteur se défendit comme un diable, sa tête hirsute dominait la mêlée en hurlant des injures. Le vieil homme ne lésinait ni sur les coups de poing ni sur les coups de pied. Il étala deux gardes par terre avant de se laisser prendre, le souffle court, exténué de fatigue.

Terrée dans un angle de la cave, Élodie eut juste le temps d'apercevoir son ami que les gardes menottaient. Un pan de mur les dissimula bientôt à son regard.

En contrebas, le corps de Mirabelle gisait dans une mare de sang.

17

La fuite

Monde d'En Haut, 4 décembre 2096

Tassée sur elle-même, Élodie sanglotait silencieusement. Les images de ses parents et de Lukas défilaient dans sa tête, mêlées à celles du vieux Pasteur et de Mirabelle gisant dans sa flaque de sang. Elle ne désirait qu'une chose, retrouver le ventre chaud et rassurant de Suburba, courir chez elle et se pelotonner dans les bras de sa mère, oublier, effacer de sa mémoire cette aventure terrifiante. Le Monde d'En Haut, avec sa solitude et ses ruines de maisons dressées comme des squelettes, la terrifiait, sans parler de ces gigantesques montagnes qui, maintenant que Pasteur n'était plus là, lui semblaient terriblement hostiles. Mais elle n'avait aucune idée de la direction qu'il lui fallait

prendre pour rejoindre le passage vers le Monde Souterrain. Et puis il y avait les gardes ! Ils allaient se remettre en chasse, ils la trouveraient. Les paroles d'Axelle résonnaient encore à ses oreilles : « Vous me la gardez au chaud, j'ai deux mots à lui dire... »
Un douloureux frisson la parcourut des pieds à la tête. Élodie était transie de froid. Sa première pensée fut que l'immense photoclare du Monde d'En Haut dont Pasteur était si fier était tombé en panne. Il faisait presque aussi noir que dans le souterrain par lequel elle s'était échappée. Étourdie de faim et de fatigue, elle risqua un regard à l'extérieur. Le froid était encore plus vif. Une pellicule blanche recouvrait chaque pierre, chaque brin d'herbe, chaque branche. Avec précaution, Élodie la caressa du bout des doigts. C'était glacial. La pellicule fondit, laissant une tache mouillée et noirâtre. Elle n'avait jamais rien vu de semblable. Elle se glissa silencieusement hors du soupirail. Rien ne bougeait autour d'elle. Plus de traces du passage des gardes. Elle fit quelques pas hésitants, les herbes qui poussaient entre les pierres craquèrent sous ses pieds.
Elle était frigorifiée. Pour l'heure, le plus important était de retrouver la maison de Pasteur, d'y

prendre des vêtements chauds et de quoi manger. Dans l'obscurité, elle redescendit prudemment vers le potager de Pasteur, elle croyait se souvenir que le vieil homme habitait plus haut, sur la gauche.

Elle rejoignait la vieille route lorsqu'un gémissement aigu la cloua sur place. Ses dents s'entrechoquèrent de peur et de froid. Du fond du silence noir et blanc, le gémissement reprit, plus doux, plus long. Sur sa droite. Très proche. Élodie scruta la nuit. Rien ne trahissait une présence quelconque. Lorsque le gémissement recommença, malgré sa peur, Élodie risqua quelques pas vers la droite. Une forme claire, étendue à même le sol, émergeait à peine de l'obscurité. Elle s'en rapprocha. La forme geignit doucement et se traîna vers elle.

— Mirabelle, murmura Élodie en enfonçant ses doigts dans la fourrure épaisse de l'animal.

La langue râpeuse de la chienne lui réchauffa la main. Lorsque les doigts d'Élodie effleurèrent sa cuisse, Mirabelle se contracta et poussa un nouveau gémissement.

— Tu es blessée... Et moi qui te croyais morte ! Je ne peux pas te porter, tu es trop lourde. Viens, on va aller voir chez Pasteur.

Péniblement, la chienne se redressa et suivit Élodie sur trois pattes, la quatrième recroquevillée sous son ventre. La bicoque de Pasteur semblait déserte. Mirabelle y entra la première, poussant la porte du museau. Les charnières grincèrent si fort au milieu de l'obscurité qu'Élodie se tassa sur elle-même, prête à voir surgir les gardes. Rien ne bougea.
— Où sont-ils passés ? murmura-t-elle.
Le petit poêle à bois du vieux bonhomme rougeoyait faiblement. Élodie s'y colla jusqu'à ce qu'une maigre chaleur se diffuse dans son corps. Dans une armoire, elle dégotta deux gros pulls de Pasteur qui sentaient la terre et la sueur. Elle les enfila l'un sur l'autre. Ils étaient si longs qu'ils lui arrivaient aux mollets. Allongée devant le poêle, Mirabelle tremblait. Élodie s'approcha d'elle, humecta un chiffon pour nettoyer sa plaie et lui en entortilla la patte. Autant qu'elle pouvait en juger à la faible lueur des braises, la balle avait mordu la chair sans causer de blessure trop profonde. La chienne s'endormit. Élodie se calfeutra dans un coin du lit de Pasteur en tirant les couvertures sur elle. Jamais elle n'avait soupçonné que le Monde d'En Haut fût si froid. La présence de Mirabelle la réconfortait un peu, elle s'assoupit.

Une étrange sensation la réveilla, quelque chose qui ressemblait à ce qu'elle éprouvait lorsque ses oreilles étaient bouchées, à la piscine, par exemple. Mais ce n'étaient pas ses oreilles. On aurait dit que la maison était enveloppée de papier, ou de coton…
Élodie se redressa en silence, Mirabelle dormait toujours, roulée en boule au pied du poêle froid. Aucun bruit ne venait du dehors, mais l'impression de silence était si forte que ses oreilles en devenaient presque douloureuses. À pas feutrés, elle s'approcha de la fenêtre et ne put retenir une exclamation.
Tout était blanc ! La rue défoncée qui passait devant chez Pasteur, les ruines des maisons qui les entouraient, et puis, plus loin encore, les arbres dont les branches noires étaient comme soulignées, le potager… Tout le paysage était recouvert de cette sorte de mousse blanche qui continuait de tomber du ciel en petites masses légères et se déposaient sans bruit sur le sol. Même les montagnes avaient disparu, absorbées par toute cette blancheur.
— C'est beau ! s'exclama Élodie. Le seul dommage, c'est que leur foutu soleil a l'air d'avoir des ratés, continua-t-elle en observant le disque

pâle qui perçait avec peine au travers des nuages. Pas une panne depuis des millions d'années ! Tu parles.

Mirabelle s'étira et clopina jusqu'à Élodie.

— Salut, toi, fit-elle. Dommage que tu ne parles pas, tu pourrais peut-être me dire comment s'appelle ce machin blanc qui tombe du ciel. Viens voir ça dehors...

Élodie ouvrit silencieusement la porte. Un courant d'air glacé s'engouffra dans la pièce. Avec précaution, elle avança dans cette matière inconnue et se figea soudain : des traces de pas entouraient la maison de Pasteur. La mousse blanche qui continuait à tomber les avait à peine effacées.

Élodie referma précipitamment la porte, son cœur battait à grands coups dans sa poitrine. Quelqu'un était passé là pendant la nuit, peut-être même était-il entré dans la maison de Pasteur alors qu'elle dormait...

— Et toi, tu n'as rien dit ? murmura Élodie à la chienne qui la regardait en hochant la tête.

Sa voix se cassa soudain, elle fondit en larmes.

Elle resta prostrée un long moment, la tête entre les genoux. Collée contre elle, Mirabelle la réchauffait de sa grosse chaleur d'animal. De temps à autre, elle passait un coup de langue râpeux sur les mains d'Élodie, comme pour lui assurer qu'elle n'était pas seule.

Élodie releva subitement la tête. Un léger bruit perçait à travers le silence épais qui l'entourait. Un sifflement, très faible. La chienne l'avait également entendu. Elle s'était redressée avec peine, sa patte arrière toujours recroquevillée contre son ventre, et tendait ses deux oreilles vers la porte. Élodie s'essuya le visage et se releva.

La chose blanche et glaciale tombait encore plus dru que lorsqu'elle s'était réveillée. Un impénétrable rideau de flocons voltigeait devant ses yeux, parfois secoué de rares rafales de vent. C'est à peine si elle distinguait les pans de murs des maisons, de l'autre côté de la rue. Elle plissa les yeux pour tenter d'apercevoir quelque chose dans cette purée blanche. Rien... Le sifflement s'amplifiait cependant, plus net de seconde en seconde. En contrebas, une lueur jaunâtre attira son attention. Elle retint sa respiration. La lueur se scinda en deux lumignons jaunes et ronds dont l'éclat perçait à peine l'épaisseur de la neige. D'autres lueurs suivaient la première, émergeant peu à peu de la tourmente blanche. Le sifflement se faisait plus net.

Des phares ! En un éclair, Élodie reconnut les engins qui montaient vers elle : des microcars de la Garde ! Ils étaient une dizaine à monter péniblement la côte qui menait au village, empêtrés dans la neige jusqu'aux essieux, patinant sur le vieux revêtement de bitume que des dizaines d'hivers sans entretien rendaient impraticable. Le sifflement des moteurs électriques lancés au maximum de leur puissance devenait insupportable. Les formes grises de la colonne émergèrent lentement du rideau opaque.

Fuir ! Elle devait fuir ! Par-derrière, une petite porte donnait sur un jardin abandonné, envahi de ronces et de broussailles qui, un peu plus haut, débouchait à flanc de montagne. Elle enfila à la va-vite une épaisse veste de Pasteur, décrocha une vieille casquette et se précipita dehors. Le vent sec et aigre lui gifla le visage, la fouettant soudain de milliers de minuscules cristaux de glace. Elle releva son col, enfouit les mains dans les grandes manches et s'enfonça dans la tempête, suivie de Mirabelle, toujours sur trois pattes.

Élodie avançait difficilement, gênée par l'épaisseur de poudreuse, la violence du vent et la prolifération des branches, des ronces et des herbes.

Chaque pas était un effort. De temps à autre, elle se retournait pour vérifier la progression des gardes. La neige tombait si dru qu'elle effaçait la trace de ses pas en quelques instants. Le souffle court, Élodie reprenait son ascension. Elle gravit un raidillon dont le dessin s'effaçait sous la couche de neige, et bientôt, elle sentit sous ses pieds les arêtes vives de petits rochers.

Lorsque, à bout de souffle, Élodie s'arrêta enfin, elle ne voyait plus rien. Le village de Pasteur avait totalement disparu dans la tourmente blanche, plus aucun bruit ne provenait de la vallée. Les flocons de neige voltigeaient tout autour d'elle et effaçaient silencieusement ses traces. Son visage n'était plus qu'un masque de glace, totalement insensible. Le froid mordait ses pieds et ses mains. Recroquevillée contre ses jambes, la chienne, elle aussi, grelottait de froid.

Élodie se traîna encore sur quelques mètres, la gigantesque ombre noire d'un sapin se profila, toute proche. Au pied de l'arbre, la neige formait une sorte de cuvette que les branches basses protégeaient. Élodie s'y faufila péniblement, elle se serra contre l'écorce, ramassée sur elle-même comme un petit animal. Tout son corps vibrait de froid, ses muscles contractés n'étaient plus que douleur. Mirabelle la rejoignit en gémissant et se coucha sur ses jambes, comme pour la protéger.

Le froid l'engourdissait chaque seconde un peu plus, la neige avait transpercé la vieille veste de Pasteur qui pesait maintenant sur ses épaules comme une chape de glace. Élodie essaya un mouvement pour se protéger le visage des rafales de neige qui s'infiltraient jusqu'au pied du sapin. Son bras refusa d'obéir, paralysé de froid.

Élodie sentit qu'elle allait mourir. Elle pensa à Lukas, à ses parents, à Pasteur.

Elle tenta d'entrouvrir les yeux. Tout était si blanc…

Et puis soudain, le trou noir…

18

NÉGOCIATIONS

Monde d'En Haut, 5 décembre 2096

— Bon sang de bois de bon sang de bois, ronchonnait le vieux bonhomme en frottant le bras gauche d'une fillette à lui en arracher la peau. Elle était étendue dans un lit et recouverte d'une montagne de couvertures. Parfois, le vieil homme prenait le visage livide de la gamine entre ses grosses pognes calleuses et lui frottait les joues jusqu'à ce qu'un peu de rose lui revienne, puis il s'attaquait à l'autre bras qu'il frottait avec la même énergie. Tour à tour, il frictionnait son dos, ses épaules, puis il plongeait les mains sous les couvertures pour lui agripper les pieds qu'il réchauffait avec autant de vigueur. Et, inlassablement, il reprenait : un bras, l'autre bras, le visage, le dos, les épaules, les pieds, un bras…

— Bon sang de bois de bon sang de bois, fulminait-il.

Un homme jeune s'encadra soudain dans la porte.
— Ah, te voilà ! bougonna le bonhomme, ce n'est pas trop tôt ! Et ferme la porte, crénom ! Tu ne crois pas que la petite est assez gelée comme ça ?
— Comment va-t-elle ? demanda le nouveau venu en s'approchant du lit.
— Elle va comme une gosse qui a failli mourir de froid. Tiens ! Frotte-lui les pieds et les jambes pendant que je m'occupe des épaules.
— Elle va s'en sortir, Gallion ?
— Évidemment qu'elle va s'en sortir, mais ce ne sera pas grâce à toi, toujours ! On lui retrouve sa sœur à moitié gelée sous un sapin en pleine tempête de neige, et monsieur s'en va parlementer avec des pignoufs qui crèchent trois cents mètres sous terre...

Pendant un moment, Lukas et Gallion continuèrent en silence à frictionner Élodie, toujours inconsciente.
— Alors comme ça, le gouverneur de Suburba vient en grande délégation rien que pour nous et tu ne me demandes même pas ce que nous avons obtenu ? finit par demander Lukas.
— Je vais te dire une chose, mon petit gars ! Moi,

ça fait plus de soixante-dix ans que je vis ici avec la montagne, le soleil et tout le bazar. Je ne connais que ça ! Alors, tant qu'on ne me demande pas d'aller dans votre trou, je me tape de vos histoires de taupes. La seule chose qui m'inquiète, c'est de savoir ce qu'est devenu Pasteur. Depuis que vous êtes sortis de votre trou, c'est le merdier !
Lukas attrapa le pied gauche de sa sœur et commença à le frotter vigoureusement.
— N'empêche qu'on a réussi à faire sauter presque toutes les géopiles de Suburba l'autre nuit, et en grande partie grâce à Élodie. En intervenant pendant le sabotage de la géopile du Centre Administratif, elle a précipité les choses. Dans la pagaille qui a suivi, la géopile a explosé plus tôt que prévu. Les liaisons radio entre le commandant principal et les officiers sont devenues quasiment impossibles et nous avons pu bousiller les autres géopiles avant qu'ils interviennent. Je te laisse imaginer la tête du gouverneur quand il a appris que le commandant principal était le responsable involontaire de cette magistrale opération !
— Bien fait ! grommela Gallion.
— Plus de lumière, plus de chauffage, plus d'informations… Tu imagines ça ?

— Préfère pas imaginer, marmotta Gallion en s'attaquant pour la énième fois au bras gauche d'Élodie. Ça me fout le bourdon !

— Le gouverneur a d'abord tenté de calmer les habitants ; il ne fallait pas s'affoler, les techniciens étaient déjà au travail, tout allait être réparé au plus vite et la vie allait reprendre comme avant. Mais il était bien embêté de devoir admettre que sa cité était une « forteresse » aussi fragile. Il a également dû s'expliquer sur la pollution du Monde d'En Haut, il a fini par reconnaître qu'elle n'était pas aussi terrible qu'on voulait bien le faire croire et qu'en somme, l'AERES ne racontait pas que des bêtises... Mais surtout, le gouverneur a fini par comprendre que s'il ne faisait pas de concessions, la situation de Suburba n'allait faire qu'empirer. C'est pour parlementer avec nous, « les terroristes », qu'il est personnellement venu en haut ce matin avec son escorte. Les gardes étaient désarmés et avaient ordre de nous convaincre d'entamer des pourparlers.

— Ce sont ces salopards qui ont failli avoir la peau de ta sœur... Tiens, frotte au lieu de parler !

Bien trop excité pour l'écouter, Lukas poursuivit.

— Vladim a accepté de discuter. Le gouverneur s'est finalement rendu à la seule solution possible malgré l'opposition du commandant principal des gardes : dans quelques jours, il ordonnera l'ouverture des portes de Suburba, ceux qui le désirent auront deux heures pour quitter la ville et venir s'installer avec leur famille dans le Monde d'En Haut. Ce sera leur seule chance, ensuite les portes seront de nouveau soudées, soi-disant à cause de la pollution résiduelle...

Gallion s'étrangla de rire.

— Pollution résiduelle ! Ils me font rigoler avec leur pollution résiduelle. Elle est où, la pollution ? Ici ou dans leur crâne de petites taupes ?... Mais j'y pense, fit-il en se rembrunissant, ils vont être combien à vouloir s'installer en surface ? Des centaines ? des milliers ?... On va être envahis !

— Tout doux, Gallion ! La plupart ont de telles habitudes dans le Monde Souterrain qu'ils seraient incapables de s'installer ici ! Ils auront trop peur de l'inconnu et attendront sagement la remise en état de leur confortable ville... Je suis persuadé qu'ils ne seront que quelques-uns à faire le pas.

— Y a intérêt, gronda Gallion, parce qu'on était tout à fait peinards sans vous, jusqu'à présent...

Il s'assombrit encore.

— Et Pasteur ? Qu'est-ce qu'ils en ont fait ?

— Il a rejoint les prisonniers de l'Aeres. Le gouverneur s'est engagé à ce qu'ils soient libérés au plus tôt puisque nous avons accepté de parlementer.
— Ouaip, encore des histoires, ça ! Je te jure que s'ils touchent à un seul poil de sa barbe, ça va chauffer ! Oh ! regarde, Lukas ! La petite ! Elle a bougé !
Élodie entrouvrit les paupières, elle leva à peine la tête et regarda autour d'elle d'un air complètement ahuri. Son regard se posa enfin sur son frère.
— Lukas ! murmura-t-elle en se serrant contre lui.
— Bon sang de bois de bon sang de bois, marmonna Gallion en s'essuyant les yeux, je crois bien que j'ai une poussière dans l'œil !

19

Le Monde d'En Haut
Monde d'En Haut, 15 décembre 2096

Dissimulées derrière un à-pic vertigineux, les gigantesques portes de métal grises et sinistres se dressaient devant le petit groupe. Des éboulis de rochers en avaient masqué la base et un grand sapin avait même puisé la force de pousser juste à leur pied.
— Bon sang, renifla Gallion, jamais je n'aurais pensé voir ces saloperies se rouvrir un jour. Mon père pleurait toujours quand il me racontait comment tous les habitants des vallées environnantes s'étaient engouffrés là-dedans pour ne plus jamais en ressortir. Ça aurait fait bientôt soixante-dix ans…
À l'exception d'un seul dont ils restaient sans nouvelles malgré leurs recherches, les cinq mili-

tants de l'AERES échappés du Monde d'En Bas avaient tous trouvé refuge chez Gallion. Ils s'assirent sans un mot sur un gros rocher, face aux lourdes portes. De temps à autre, Vladim Siméon consultait sa montre. Il était plus de midi lorsqu'il échangea un regard inquiet avec Lukas.
— Plus d'une heure de retard, murmura-t-il, qu'est-ce qu'ils font ?
Lukas alla coller son oreille contre le métal glacé.
— Je n'entends rien, fit-il en revenant vers le petit groupe.
Il s'approcha de Vladim.
— Tu crois qu'ils nous auraient bernés ?
— Il n'y aurait que nous, je ne dis pas, mais ils se sont engagés vis-à-vis des gens d'en bas. C'est impossible, ils ne peuvent pas leur mentir, pas maintenant.
Le silence retomba lourdement. Élodie tenta un moment de jouer avec Mirabelle, mais le cœur n'y était pas. Elle finit par venir se serrer entre Lukas et Vladim.
— J'ai froid, dit-elle.
Dans une anfractuosité de rocher, Gallion cassa quelques branchettes de sapin qu'il enflamma. Il rajouta des branches de plus en plus grosses jusqu'à ce que les flammes dépassent la hauteur

des roches. Élodie et les cinq hommes s'assirent pensivement autour, tendant les mains vers les flammes. Chaque seconde qui passait rendait l'attente plus pesante. Le soleil éclairait maintenant le versant opposé. L'ombre gagnait peu à peu le fond de la vallée. Encore quelques minutes et elle recouvrirait le petit groupe, accentuant encore l'impression de froid.
Au moment où, pour la centième fois, Vladim consultait sa montre, un coup sourd ébranla les lourdes portes dont le métal résonna longuement en faisant enfuir quelques rares oiseaux. Tous les quatre se levèrent d'un bond.
— Ce coup-ci, ça y est, articula Lukas, la voix nouée par l'émotion.
Chacun retint son souffle. De violents coups ébranlèrent les portes dont les gigantesques montants métalliques frémirent. Soudain, il sembla que quelque chose bougeait. L'espace entre les portes s'élargit lentement. Deux engins de levage les écartaient de toute leur puissance. En retrait dans l'ombre du souterrain, Élodie, Lukas et leurs compagnons aperçurent un groupe qu'encadraient des gardes revêtus de leurs combinaisons antipollution. Ils ne s'écartèrent que lorsque les portes furent grandes ouvertes.

Alors, lentement, comme des oiseaux de nuit tirés de leur sommeil en plein soleil, les volontaires pour le Monde d'En Haut s'avancèrent. Derrière eux, des microcars montaient leurs bagages jusqu'au seuil des grandes portes. Ils étaient une centaine, des hommes, des femmes, des enfants, de très jeunes, des vieux... Des membres de l'AERES aussi qui adressèrent de petits signes à leurs amis. Instinctivement, tous s'arrêtèrent sur le seuil des gigantesques portes qui avaient connu l'exode vers le Monde Souterrain. Ils clignaient des yeux, surpris par la luminosité du ciel bleu et des immenses champs de neige qui s'étendaient à perte de vue. Tous, pour la première fois, voyaient le soleil. Élodie se précipita soudain.

— Papa ! Maman !

Elle courut se jeter dans leurs bras.

— C'est encore plus beau que je ne l'imaginais, murmura le père d'Élodie en la serrant contre elle.

Il n'arrivait pas à détacher ses yeux des sommets enneigés que le soleil fuyant embrasait de tous ses feux.

— Tu sais, fit Élodie d'une petite voix taquine, Lukas avait peut-être raison...

Son père hocha lentement la tête.

— Oui, sans doute… Mais de toute manière, je serais venu vous retrouver n'importe où.

Lorsque la haute taille de Pasteur se profila dans la semi-obscurité du souterrain, Gallion, lui aussi, se précipita. Ils s'embrassèrent en se donnant de grandes claques dans le dos.

— Bon sang, mais comment as-tu pu résister dans leur saleté de trou à rats ?

Pasteur hésita un moment.

— Tu sais, mon vieux Gallion, il n'y a plus que nous, ici. Le dernier de nous deux qui serait resté aurait enterré l'autre, et puis voilà… Notre histoire se serait terminée dans la solitude et l'oubli. Alors je me suis dit que si ces gars-là réussissaient leur coup, ils apporteraient du sang neuf : des gosses, des hommes, des femmes, des couples. Notre vieux Monde d'En Haut a bien besoin d'un coup de jeune, non ?

Il attrapa Élodie et lui colla un gros baiser poilu sur la joue.

Moins d'une demi-heure plus tard, les lourdes portes s'ébranlèrent et commencèrent à coulisser l'une vers l'autre. Le visage grave, ceux qui désormais allaient habiter le Monde d'En Haut, les regardaient se refermer inéluctablement. L'officier qui commandait fit soudain signe de stopper la manœuvre. Il retira son casque de protection en libérant une lourde masse de cheveux bruns.

— Axelle ! s'écria Lukas.

Il tendit la main vers elle.

— Viens ! Viens avec nous !

La jeune femme parut hésiter, elle fit un pas à l'extérieur du Monde Souterrain. On entendit la neige craquer sous ses pieds. Lukas se rapprocha en lui tendant la main.

— Viens, répéta-t-il.

Elle esquissa un pas de plus dans la neige. Un murmure d'encouragement s'éleva à l'extérieur.

— Lieutenant, claqua soudain la voix métallique du commandant principal, activez la manœuvre !

D'une main tremblante, celle qui, pour Lukas, resterait Axelle remit son casque de protection. En reculant, elle se faufila dans l'interstice entre les deux portes et esquissa un petit signe à l'adresse de Lukas. Le mouvement de fermeture reprit aussitôt. Les deux portes résonnèrent longuement en venant en butée.

Bien plus haut, le soleil rosissait encore les plus hauts pics.

TABLE DES CHAPITRES

1. Suburba, 16 heures 36	5
2. Le secret de Lukas	13
3. L'opération Magma	21
4. La cache d'armes	30
5. Des flics sur la piste	40
6. Le « jour » se lève	47
7. Qui est cette fille ?	53
8. Sortie au couvre-feu	57
9. La conspiration	63
10. Frère contre sœur	69
11. Le piège	73
12. Panique au poste 15	79
13. Une lueur au bout du tunnel	92
14. Salades et cornichons	96
15. Au grand jour	102
16. La traque	112
17. La fuite	118
18. Négociations	128
19. Le Monde d'En Haut	134

XAVIER-LAURENT PETIT a été instituteur et directeur d'école avant de se consacrer totalement à l'écriture, pour les petits et les grands.
Le Monde d'En Haut, son premier roman chez Casterman, a reçu le prix Goya « découverte » en 1998.

Cet ouvrage a été sélectionné par le ministère de l'Éducation nationale.

COLLECTION AVENTURES
JUNIOR / DÈS 10 ANS

Alain Adde
LE PASSAGE NORD-OUEST

Évelyne Brisou-Pellen
LA FILLE DU COMTE HUGUES

Jean-François Chabas
VIEILLE GUEULE DE PAPAYE
Prix jeunesse d'Eaubonne 1997

LES SECRETS DE FAITH GREEN
Tam-Tam «Je bouquine» 1998
Grand Prix des Jeunes Lecteurs de la PEEP 1999
Prix «Été du livre» jeunesse, Metz, 1999
Prix du Roman historique, Poitiers, 1999
Prix des lecteurs du collège Pablo Neruda,
Bègles 1999
Prix littéraire du collège de Bayeux 1999
Livre d'Or senior
des jeunes lecteurs valenciennois 1999
Prix des Incorruptibles 1999
Prix « Plaisir de lire » Auxerre 2000
Prix Chronos Suisse 2000
Prix Versele 2000
Prix des jeunes lecteurs
de Thorigny-sur-Marne 2000
Prix Mange-Livres de Carpentras 2000
Prix Auvergne-Sancy 2001

DES CROCODILES AU PARADIS

BA
Prix « Graine de Lecteurs » de Billère 2001

L'ESPRIT DES GLACES

LE PORTEUR DE PIERRES

Jean Gennaro
LE DERNIER DES ROTHÉNEUF

Mary Jemison
ENLEVÉE PAR LES INDIENS

Jean-François Laguionie
LE CHÂTEAU DES SINGES

Gérard Moncomble
BOUZOUK
LES MANGE-MÉMOIRE
LES FANTÔMES D'AHAM
LA BALADE DU TROUVAMOUR
DANS LES GRIFFES DE GGROK

Sofia Nordin
SEULS !

Xavier-Laurent Petit
LE MONDE D'EN HAUT
Prix Goya «Découverte» 1998

Michel Piquemal
YOËL OU LE SANG DE LA PIERRE

Thierry Robberecht
DEEP MAURICE ET GOLOGAN
PAGAILLE CHEZ LES SAMOURAÏS
GAFFE AU GOUROU

Éric Sanvoisin
LE MANGEUR DE LUMIÈRE

Anne Thiollier
HONG KONG STORY